『大導師アグリッパ』

ベック公の目が奇妙な青白いぞっとするような、あえていうなら非人間的とさえいいたいような光をおびて、彼を見つめた――（274ページ参照）

ハヤカワ文庫JA
〈JA648〉

グイン・サーガ⑦⑤

大導師アグリッパ

栗本　薫

早川書房

4644

AGRIPPA THE ACHARYA

by

Kaoru Kurimoto

2000

カバー／口絵／挿絵

末弥　純

目次

第一話　生ける伝説……………………一一
第二話　ノスフェラスの秘密…………八一
第三話　風動く…………………………一四九
第四話　開　戦…………………………二一七
あとがき…………………………………二八五

そは未知なる、真紅《あか》き神々のいかづちなりき。

小昏き空、俄かに裂け、二つに割れ、その内より神人あらわれ地上へとおりたちぬ。ひとびとはうろたえ騒ぎ、地上には死と地獄の炎、ふたつながらひらかれぬ。

洪水流れきたり、すべての魂を奪ひて去る。地上の神々嘆きたまひ、ひとの子を救わんとせしも、なすすべなく了んぬ。

地上にありしすべてのひとの子、及びけだもの、花々、魚、鳥、すべていっとき滅び去りて、地上、無人となりぬ。これより新しき時代はじまれりと伝える。

――《カナンの滅びの書》より
「第三の滅びの書」

〔中原周辺図〕

ナタール川
ノスフェラス
ヴァーラス湖沼地帯
ナタール大森林
ギーラ湖
ケス河
ナタリ湖
ユラニア
サイロン
トーラス
ノルン海
ケイロニア
アルセイス
ゴーラ
ロス
モンゴール
クム
カムイ湖
タリア
タリア
ワルド山脈
リーラ川
中原
ルーアン
イーラ湖
オロイ湖
クリスタル
アルムト
パロ
アルーンの森
カラヴィア
サルジナ
ダル湖
ドラス連山
ダネイン大湿原
ハイランド高地
ウル山脈
カムリ岬
ルート
ラトナ山脈
ウィレン山脈
アグラーヤ
サーリスベリ
ランガート
アルート高原
カウロス
ライゴール
獅子原
レンティア
草原地方
トルース
トラキア自治領
リャガ
ヤガ
イフリキア
マハール
トルフィヤ
ヴァラキア
アルゴス
沿海州
アルカンド
アルゴ河
レント海

〔パロ周辺図〕

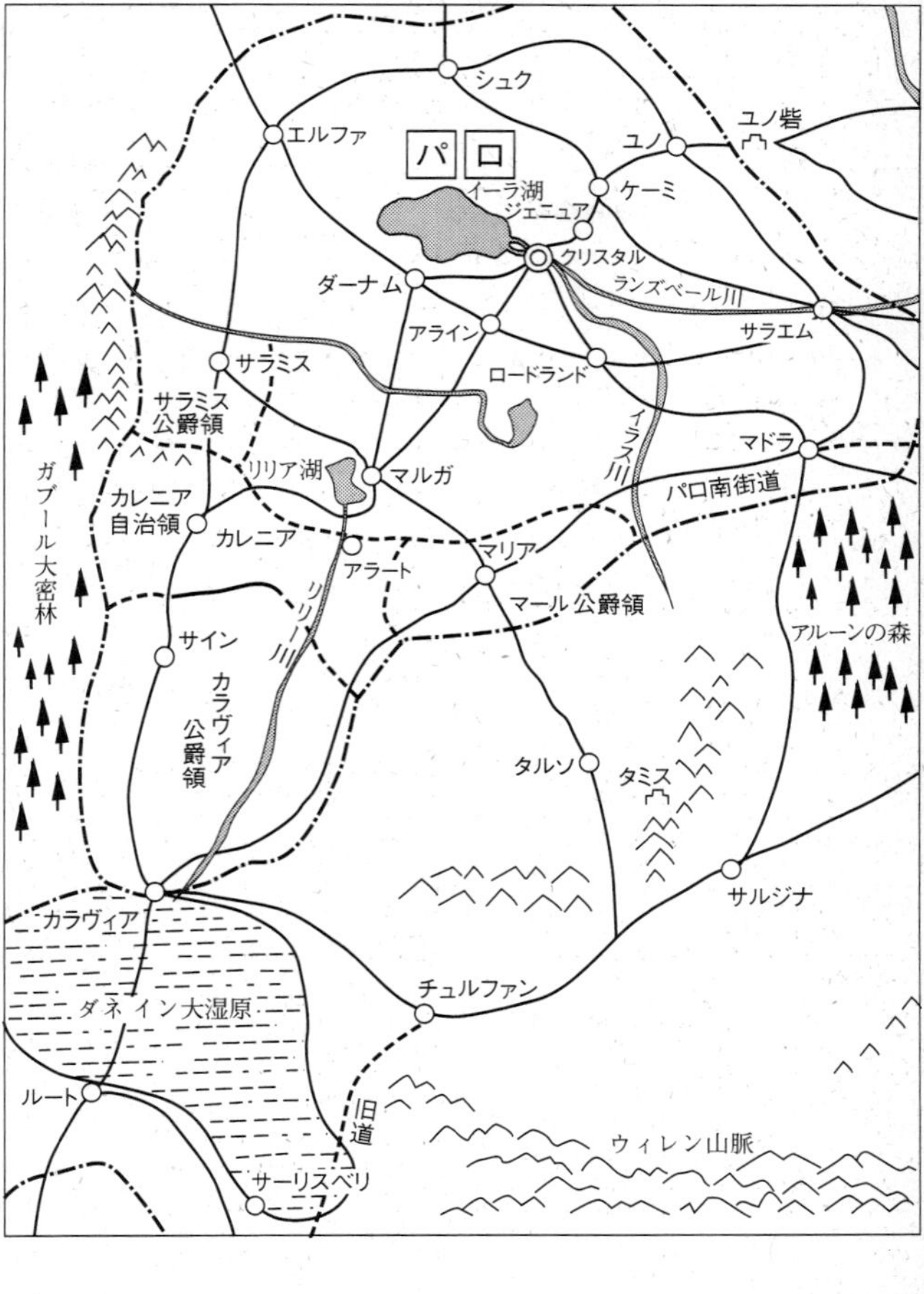
パロ
シュク
エルファ
ユノ砦
ユノ
ケーミ
イーラ湖
ジェニュア
クリスタル
ダーナム
ランズベール川
サラエム
アライン
ロードランド
サラミス
サラミス
公爵領
イラス川
マドラ
リリア湖
マルガ
パロ南街道
カレニア
自治領
カレニア
アラート
マリア
マール公爵領
ガブール大密林
サイン
リリー川
カラヴィア
公爵領
アルーンの森
タルソ
タミス
サルジナ
カラヴィア
チュルファン
ダネイン大湿原
ルート
旧道
ウィレン山脈
サーリスベリ

大導師アグリッパ

登場人物

アルド・ナリス……………………パロのクリスタル大公
ヴァレリウス……………………パロの宰相。上級魔道師
ルナン……………………………聖騎士侯
リギア……………………………聖騎士伯。ルナンの娘
ヨナ………………………………王立学問所の教授
ファーン…………………………ベック公。パロ随一の武将
マルティニアス…………………パロの聖騎士侯
タラント…………………………パロの聖騎士伯
ラーナ……………………………ナリスの生母
イェライシャ……………………白魔道師。〈ドールに追われる男〉
アグリッパ………………………伝説の大導師

第一話　生ける伝説

1

（我──ヲ──呼ブ──ノハ……）

（我ヲ──呼ブ──ノハ誰──ダ──！）

（我を呼ぶのは誰だ──！）

いんいんと──

頭のなかにひびきわたり、とどろくような声──とも、心話ともつかぬひびき。

それは、もはや、音波によってとどけられる声の域をも、脳に直接かたりかけてくる心話の域をも超えて、その双方をあわせたように、あたりの空間のすべてをその音と意味とひびきとによって満たしているような、そんなこれまでいかなる人間も経験したこともないような感覚をひろげてゆくかのようにさえ思われたのだった。

（あ……あ……）

ヴァレリウスはくらくらと全身がその《声》の衝撃にうたれて、ゆらぎだすような感覚を覚えた。全身の細胞のひとつひとつにまで、その《声》が穿たれ、ひびきわたってゆくような、そんな感じがあった。それほどにその《声》そのものが、魔道師であるヴァレリウスの全身にしみわたり、はたらきかける巨大な力と気をそなえているのが、まざまざと感じ取れたのだ。

（こ――これは――！）

よしんば、伝説の大導師アグリッパについて、何ひとつ知らなかったとしてさえ、このあまりにも強大すぎる《声》にふれただけで、すでにその相手の容易ならざる偉大さ、あまりにも常人すべてと桁の違うパワーを悟らざるを得なかっただろう。

すでに〈闇の司祭〉グラチウスとも、またこれも三大魔道師につづく伝説の魔道師と化しつつある《ドールに追われる男》イェライイシャとも出会うことを得たヴァレリウスではあったが、正直いって、このアグリッパの示しているパワーの巨大さのケタやレベルは、まるきり、そのグラチウスやイェライイシャのものとさえ違っていた――といっても、まあ、グラチウスの場合にはかなりヒヨコヒヨコと人間界に出入りするために、それにあったレベルにみずから出力を制御している、という部分は当然あったに違いないが。

だがそれにしても、（これほど、すさまじい《気》に出くわしたのは、生まれてはじめてだ……これほどの《気》がこの世に存在したとは……）――という、そんな驚愕とむしろ恐怖に似たものを、ヴァレリウスは感じないわけにはゆかなかった。

（これは……これは、まさしく、ただごとではない……あのキタイの竜王、おそるべきヤンダル・ゾッグにさえ感じなかった……それほど巨大な蓄積されつづけてきたエネルギー――これは生身の人間であるかぎり……どのような存在にも太刀打ちのしようはないかもしれない……)

ましてや、魔道師の塔の御用魔道師たちなら。

徒党をくむことによって白魔道師たちは堕落した、と黒魔道師であるグラチウスは口をきわめて罵倒するが、まさしくそのとおりかもしれぬ、と思わざるを得ない部分が確かにある。個人が、あまりにも強大な力を取得してしまうことを、そしてその強大すぎる力を持った魔道師が世界を左右する野望を抱いてしまうことをおそれるあまり、かつて偉大なる先達の魔道師たちが《魔道十二条》を制定して、魔道師たちの自由を封じ込めた。そしてきびしい制約と制限、誓いと義務とのうちに魔道の力を限った。そしてそれをいとうものたちは、黒魔道師としてヤヌスにそむき、それを受入れたものたちは白魔道師としてさまざまな各地の魔道師ギルドを結成して、安定した地位をそれぞれの国家や都市のなかで築いてゆくことになったのだが――

黒魔道師たちはいまでも、そのような歴史をあざわらい、白魔道師たちのそのような努力を、おろかな、魔道そのものの力と地位をよわめ、一般人と地上の権力とに隷属させる裏切り行為とさえみなして憎んだ。そして黒魔道師たちはグラチウスのもとに、ドール教団を設立し、白魔道師とはっきりとたもとをわかったのだが――

だがそれもはるかな昔とはいえ、人間の歴史がこの世にきざまれはじめてからずいぶんたってのちのことだ。いくたびも滅びと芽生えとを繰り返してきたと神々の書に伝えられる、人間の歴史——だが、そのひとの歴史の長さとさえひとしい、永劫に近い年月を生きた、と噂される、ひとりの魔道師がいる。

魔道師たちのあいだにはさまざまな伝説がある——そして、そのほとんどは、なんらかの根拠はもっているものの長年のあいだに変形し、原形をとどめぬほどにさまざまな枝葉をつけ加えられて、どんどん変化していってしまっているといわれている。そしてそのなかにはつねに「もっともおそるべき真実の一片」が隠されているにすぎぬのだ、と。

だが——

この《伝説》は、生きていた。

そう、この《伝説》は——生きている。

大導師アグリッパ——

それは、三千年という、とてつもない——人知ではとうていはかり知ることもできぬ、ある神々たちよりもさえ長い時間を生き抜いてきた超人だ、と伝説は伝える。

グラチウスは八百年を生き、ロカンドラスは一千年を生きた。そして《ドールに追われる男》イェライシャはその生、グラチウスよりもさえ長く、一千年に及ぶ、と伝える。

長く生きればよいというものではないが、通常、百年にはるかにみたぬ寿命をしかもたぬ人間の生のなかでは、所詮多くのことを知ることもなしとげることもあたわぬ。

それゆえに、魔道師たちはおのれの肉体をきたえ、ひとの子のものとは細胞の段階から変化した、進化したものに発展をとげるようきたえ、変質させ、精神生命体にむけておのれを修業によってしぼりあげてゆく。肉体はほろびるけれども、精神は残る、という魔道の基本となる真理により、精神がまずほろびるべき肉体の支配をはなれ、逆に肉体を支配するようにと鍛えあげてゆく。それによって、魔道師たちは通常の人間のかなわぬ、遠方と心話によって会話をかわしたり、《閉じた空間》のたすけを借りて空間移動したり、あるいは物質を空間移動させて手元に呼んだり——また、人間の脳に働きかけてそれをあやつったり、物質を極度につよめられた脳波によって動かし得たりするようになってゆくのだ。

そして、その力は当然、長い年月にわたって鍛えられればられるほど、強大なものとなってゆく。——だから、伝説の名魔道師、大魔道師たちはみな、異常な長寿を最初の伝説の条件として語りつたえられる。

だが——そのなかにも、大導師アグリッパほど、異様なまでの長きにわたって生きていた、と語り伝えられている者はいない。

三千年前——それは、大帝国カナンの勃興期よりもさえさらに前だ。《カナン》——それは、いわばこの文明にとっては究極の理想の王国を意味することばでもあり、そうであってみれば、この長い長い歴史のあいだに何回となく、カナンを名乗る王朝は登場したものであった。というよりも、「カナンの末裔」——「我こそは滅び去った古代帝国カナンの正当なる後継者」であると名乗りさえすれば、どのようなイカサマ師であろうとも、多少の信者は集めることができるほどに、「カナン」という王国の幻影は、この中原に根強かったのである。それは、文明そのものの象徴であり、すべての帝国のみなもとであり――そして、すべての国家の究極の理想であった。それとても理想の王国でなどありうるはずもなく、いくたびも栄枯盛衰を繰り返した人間たちのごくありふれた王国でしかなかったはずであるにもかかわらず、そうだったのである。

それは、この中原にはじめて誕生した、中原を統合した王国、帝国である、ということに由来すると同時に、「カナン」の名こそ、ヤヌスが王権を与えた唯一の正当な王朝のあかしである、というヤヌス教の信仰に由来していたのは間違いなかった。それゆえに、カナンを名乗る王国、帝国は歴史上にいくつもある。あるいはかなり長く続き、あるいはあっという間に、それこそ一代の風雲児によって建てられてその風雲児の死とともにほろびたし、またそのうちのあるものはかなり大きな版図を得、あるものはごく小さな地方の一軍閥にしかすぎなかった。だが、そのうちのいくつかは、まぎれもなく最古の古代王国カナンの末裔であり、その流れをひくものだが、まったくそれとは何のかかわりもなく、僭称によって後カナン帝国を名乗った王朝もまた、そののちに長い栄光の年月を手にし、カナン帝国を中原全土にひろげることを得た一時期もごく短いにせよ、あったのである。

そして、大導師アグリッパの存在が知られるようになったのは、その大帝国カナンが滅び去った、その前後からのことであったはずである。三千年の歴史を誇るパロがようやく安定した勢力として中原に場所を得てきたころに、アグリッパはしだいにその名を伝説として人人の口にのぼせられるようになってきたのだ。一人のおどろくべき力をもつ魔道師がいる―

——その名をアグリッパという、と。

そのころにはむろん、グラチウスなど、生まれてさえおらなかったのだ——そう思うと、同じ魔道師として、畏怖にたえぬ思いにつらぬかれて、ヴァレリウスの心はしんとせざるをえなかった。

（それほど、はるかな昔……）

三千年のあいだ、この伝説の大魔道師はほとんどじっさいには人間界にすがたをあらわしてはおらぬ。アグリッパと直接に会った、というものの数は、三大魔道師と並び称されていながら、北の見者ロカンドラス、〈闇の司祭〉グラチウスに比べてははるかに、劇的に少ない。そのことと、そしてその他の二人とはくらべものにならぬ長い長い生の長さとが、アグリッパをいっそう伝説のなかの伝説として、神秘な存在にしてしまっていた。

（その——アグリッパの前に……いま、たかがこんな微力な一介の、パロの上級魔道師にすぎぬこの俺が……）

その感慨こそは、魔道師ヴァレリウスの胸を何よりも重たくしめつけてやまぬものであっただろう。それは、魔道師でなくてはわからぬ感慨であった、といってもよい。あるいはそれはアルド・ナリスのノスフェラスへよせる憧憬をさえ、時としてはしのいだであろう。

（三千年ものあいだ、ずっと魔道をきわめつづけてきて……）

それがいったいどれほどの力とエネルギーをもつ存在を作り出す結果になったことか、それはヴァレリウスにさえ想像もつかない。というか、常人の肉体と頭脳をもった存在には、はかりしることさえ出来ないのではないか、と思ってみるしかない、それほどの懸隔なのだ。

だが――

（どうした）

突然、このいんいんとひびきわたる念波に比べればよほど人間的に感じられる、イェライシャの心話に脳を叩かれて、ヴァレリウスはびくりと飛上がった――もっとも、じっさいにはからだのほうは硬直していたから、これはあくまで比喩にすぎなかったが。

（お前は、アグリッパに会いにこんなところまできたのだろう。――さあ、これがアグリッパの結界だぞ――そしてアグリッパがお前に呼びかけている。答えないのか。サラエムのヴァレリウス！）

（あ……ああ……）

ヴァレリウスは、心のなかに、もっとも親しみ深いルーンの聖句をとなえた。そして、おのれをなんとかたて直した。

（そうだ――俺は……はるばるとアグリッパを求めてこんなノスフェラスの地のはてまでもやってきた――そして、イェライシャの助けをかりて、運よくも《グル・ヌー》をこえることができた。……だが、本当の勝負がはじまるのはこれからなのだ。これから、俺は、アグリッパの真意をたしかめ、そしてできることならば、その心を動かして……味方につけなくてはならぬのだ……）

（中原に平和を――まことの平和と人間たちだけのための中原を取り戻すために……）

（たとえこの身は一介の、とるにたらぬ上級魔道師にすぎぬといえども——俺にも、あふれる思いが——それだけは誰にもひけをとらぬはずの熱い想いがある……俺には、三千年を生きたというほどの伝説の大魔道師の前にさらけだせるものはただそれだけしかないとしても……）

（アグリッパ！）

ヴァレリウスは、そのやせた全身のすみずみさえも、念波と化しておのれからほとばしってしまえとありったけの思いをこめた。

（ア、ア、ア、アグリッパ——！）

（我を呼ぶのは……誰だ？）

いんいんと——

ひびきわたる声が再び、それにこたえる。

どうやら、おのれの声はあいてに届いていると知って、ヴァレリウスはさらに念波を激しくほとばしらせた。

（大導師アグリッパどの——ぶしつけにも突然このように訪れて、大導師のしずかなる観相の刻をさまたげる無礼をお許しあれ！　大導師アグリッパどの——アグリッパ老師！）

（誰だ——何者——だ？）

また、いんいんと声が応えてくる——かなり、非人間的な感じのするひびきが混じり込んでいる。

ヴァレリウスは、おのれのうしろにイェライシャがまだ立ち去らずにともにいてくれることを感じた。それは、ヴァレリウスにとっては非常な力づけられる援軍であった。イェライシャは、アグリッパの結界までヴァレリウスを導いたら、あとはもう手をひき、ヴァレリウスにまかせる、といっていたのだが、親切なイェライシャはそのままヴァレリウスをおいて立ち去ることを心もとないと思ったらしい。

(アグリッパどの──アグリッパどの……でおられるか?)

(我は──大導師アグリッパ──)

心話のパターンがかわった。

いくぶん、人間的になり、そしていくぶん、そのいんいんとひびきわたる巨大な声がしずまった。イェライシャが、ヴァレリウスのうしろにぴたりとついているのを、ヴァレリウスは感じた。

(お前さんだけじゃ、どうも心もとなさそうだからな)

イェライシャのひそかな心話が接触している部分から、ヴァレリウスの脳に直接流れ込んできた。

(それにわしも少々好奇心もある。もうちょっと、見ていてやるよ)

(かたじけない。このご恩はきっと)

(そんなことはどうでもいい。ウウム、それにしてもなんだかつかみどころのない結界だな、これは)

まだ、かれらは、アグリッパの結界のなかに入ることを許されたわけではない。

かれらはもし、はたから見ているものがあれば、あのおそるべき巨大な奇妙なモニュメント——無数の髑髏をちりばめた真っ白な、天にむかってのびている巨大な塔の前に、ただ茫然と立ちすくんでいるだけにしか見えなかったであろう。そしてまた、そのモニュメントをたぶん仲介としてこちらにむかって放たれてくるそのおそるべきパワーを秘めた《声》、そしてその白い塔のまわりにはりつめているびりびりと危険なオーラをはなつ白い炎のような結界のエネルギーは、魔道師の訓練をつんだ目にしか見えぬ。

魔道師たちの目には、そのモニュメントがどこかまったく異なる、この地上ではない次元とここことを結ぶ回廊の入口であること、そしてそれを人々の目からかくすために、きわめて強力な結界がめぐらされていることなどがはっきりとうつる。周囲は見渡すかぎりぶきみなノスフェラスの中核、《グル・ヌー》の一部である。

(あの回廊からどこにつながっているのだか、その先が全然見えない)

イェライシャがそっと心話でヴァレリウスに囁いた。

(わしの目にこれほど何も見えぬというのはさすがアグリッパというしかないな。お前には見えるか、ヴァレリウス)

(老師に見えないものが私のような若造の青二才に見えるわけは)

ヴァレリウスは苦笑をかえした。ありったけの念波をほとばしらせてアグリッパを呼出してみたのだが、そのいらえはなんとなく、頭上を通り過ぎていってしまうようなもどかしい感じがした――あるいは、呼出す側であるこちらの力が、大導師の強大な力のまえにはかよわすぎて、見分けてもらえぬのであろうか、と不安になったりもする。が、そのときであった。

(そこにいるのは、何者だ?)

重々しいひびきわたるような心話が告げた。

(何用あってハルコンのアグリッパの結界にふれる? アグリッパに何用だ? アグリッパはもう、地上の出来事には何もかかわりはもたぬ)

(ハルコンのアグリッパ――)

思わずヴァレリウスは、いわば比喩的にイェライシャと心話の「顔を見合せた」。ハルコン、という地名は、かなり博識のつもりのヴァレリウスにも聞き覚えがないほど古い時代のものであるようだった。

(わしは多少きいた気がせんでもないよ。だがいずれにせよこの数百年来ではその存在さえもすでに知られなくなっている地名であることは間違いないな)

(そうですね……だが、では確かにこれこそアグリッパの結界なのだ……)

(なんだ、疑っておったのか。最初からそうだといっているだろう)

(老師を疑ったわけではなく……私にしてみれば、伝説の大魔道師、大導師アグリッパが『本当に存在している』というだけで大変なことなんです)

(何者だ?)

ひきつづいて、ゆらめくような《声》がふってくる。

（名を名乗れ――名乗らねば、結界は閉じ、我はおのが次元に戻るぞ。我を呼んだ者は何者だ？）

（私は――私はサラエムのヴァレリウス、パロ魔道師ギルドの上級魔道師）

ヴァレリウスは、いくぶん緊張のあまり身をふるわせながら名乗りをあげた。魔道師にとっては、最初の名乗りこそ、もっとも大きな対決の瞬間である。それによって、おのれが相手にどのように認知されたか、どのように受入れられたか、また相手がどのようにおのれに対するつもりかも感知されるのだ。

（お連れは……旧知のおかたではないだろうか？《ドールに追われる男》イェライシャどのだ）

（サラエム）

だが、いんいんとひびく心話はまったく調子がかわらなかった。

（サラエムという都市は知らぬ。ヴァレリウスという魔道師も知らぬ。パロ魔道師ギルドとは何のかかわりもない。――帰るがよかろう）

（アグリッパどの！）

それは、あるていど予想していない拒絶ではなかった。ヴァレリウスは必死に呼びかけつづけた。

（アグリッパどの！――老師のかかわりなきギルドの魔道師であるのは本当です。だが、どうしてもあなたにお目にかかりたくて、かからねばならなくて、中原からはるかにこのノスフェラスの荒野をこえてきた！　どうか、お願いです。結界のなかに入ることをお許し下さい。そして私の話を）

（アグリッパの結界に入ることの許されたものは、この二百年のあいだ一人もおらぬ）

冷やかないんいんとひびく声が答えた。

（中原という場所は我とかかわりのある場所ではない。我がこの次元にたてこもってからずいぶんたって、中原という場所が成立した。それは我にはいかなかかわりもない。帰るがよかろう、サラエムのヴァレリウスとやら）

（おおせになるのは当然です。しかし、私はどうしてもあなたとお目にかかり、そしてお話させていただかなくてはならないのです！）

必死に、ヴァレリウスは声をふりしぼった。

（中原はいまや、キタイの竜王、ヤンダル・ゾッグの侵略のため、はじまって以来という重大な危機に瀕しています！　あなたのお力が必要なのです。パロでは内乱が勃発し、そしてキタイの竜王が中原をおのが次元、見知らぬ異世界に作り替えようとするおそるべき陰謀をいまやほしいままにしようとしています。――どうか、お力を貸して下さい、大導師アグリッパ！　どうか、お話だけでもさせて下さい。お願いです。どうか！）

そう、叫びながら――

一方では、ヴァレリウスはある、血も凍るようなものを感じていた。

（これは……）

（アグリッパとは、俺がひそかに予想していたような魔道師ではないらしい……いや、それは、よい意味で、というか……もっとずっとおそるべき意味でだが……）

（俺は……もっと、なんというのだろう、人間的な……人間味のあるというのか……グラチウスのような魔道師を、よかれあしかれいまの世の中に生きている存在を想定していた。だが――）

（だが、この……わずかことばをかわしただけの感触でさえ、俺にでもわかる。……このひとは、もはやある意味、まったく《人間》ではない……もう、そんなものは、地上の人間の喜怒哀楽などまったく超えてしまっている、神のほうにはるかに近い存在だ……）

（わしもそう思うよ。ヴァレリウス）

いきなりイェライシャの心話が、肩にふれている手を通して流れ込んできた。

（だが、ということは……）

（そうです。ということは……グラチウスのいっていた予想はまったくはずれていたことになる。……ここでこうしてこの念波にちょっと触れてみてさえ……この念波の持主は、中原の王国の帰趨になど何の興味ももたぬ……そんな人間的な感情などもうとっくの昔に超越してしまった存在だということがわかる……ということは……）

（ということは、おぬしの知りたかった片方は片付いたということだな……つまり、ゴーラにあらわれ、イシュトヴァーンをゴーラ王につける手助けをしたのは、アグリッパではない、

ということだ）

（そうです。……それはもう、ふれたとたんに感じました。……ここでこうして、ずっとたてこもって観相と大宇宙の運命を考察しているだけのこのような超人が、どうして、ああしてアルセイスにあらわれて小細工めいた手妻など使って、人々をたぶらかしたり……魂返しの術を使ってモンゴールの運命をあやつったり……なんというのだろう、そんなこざかしい人間くさいわざなど、ここには何ひとつ感じられない……そんなことに関心をもつ精神などここにはない……）

（だが、ということは）

（そうです。ということは……グラチウスの予想は間違っていた。ゴーラをイシュトヴァーンの支配下におかれるよう、周到にものごとをあやつっていったのは……アグリッパではない。誰か、まったく見知らぬ別の巨大な魔道師でも存在せぬかぎり……それは……それは、ということとは……）

（ヤンダル・ゾッグか！）

（そう……いうことです……）

ヴァレリウスは、くちびるをかみしめた。それは、ヴァレリウスには大きな衝撃であった。

（ナリスさま——！　だから申上げたでしょう。イシュトヴァーンは危険だ、危険すぎる、と……彼もまた、ヤンダルの手先、というよりも知らずして運命をヤンダルにあやつられている傀儡なのですよ！　あなたは……あなたは、何から何まで、ヤンダルにあやつられ、ヤンダルの思いのままに動かされておられるのですよ！）

2

その、衝撃は、ヴァレリウスには、からだをつきぬける物理的な衝撃にひとしいものであった。

そのゆらめきが伝わったかのように、大導師の念波がゆらめいた。

(我の結界の入口に立って、なぜそのように大声でほたえるのだ?)

念波にはいくぶん迷惑げなひびきが加わった。

(我のしずかなる永遠の観相の刻を、なにゆえそのような下界の下世話なエネルギーのゆらめきでさまたげる? もはやわが地上における時は終わったのだ。我は地上のわざすべてと縁を切ってこのはるかな北の惑星上にうつり住んだ。――そして我はひとの子に許された最大の力と洞察とを手に入れ、いまではひとの子とは呼び得ぬ存在となった。……なにゆえ、その我の結界まで訪れるほどの力をもつ魔道師が、そのような下らぬうつろいやすき下界の事象に心を動かすのだ?)

(それにつきては、大導師にことのなりゆきをお話すればかならずやわかっていただけることかと)

ヴァレリウスは必死に思念をこらした。ことばをかざったところで、ことばとことばで語り合うのではない、直接に意味と概念とが脳と脳をゆきかう魔道師の会話に、何の意味もない。むしろ、そのかざる心を《嘘》として受け取られてしまうだけのことだ。だからこそ魔道師の最初にまなぶのはこちらからほとばしる思念のコントロールと、そして読み取られぬよう、放出する以外の思念を包み隠すかたいガードの方法なのだ。

(我にはあずかり知らぬことだ)

だが、アグリッパの念波はさらに冷やかなひびきを加えた。

(おのが棲家へ帰るがいい、魔道師よ。我もわが次元に戻る。結界をとじるゆえ、そこからひきしりぞくことだ。そこにとどまっていると、結界をとじるさいのエネルギーの変化をくらってもとの世界に戻れなくなるぞ)

(お願いです)

ヴァレリウスは必死になった。

(きいていただくだけでもかまいません。そのために何でもします。どうか、私がここまできた理由をきいて下さい。そうでなくては、私は戻ることができません)

(アグリッパどの)

頼もしい、イェライシャの念波が、ヴァレリウスの必死の念波をいわば後押ししてくれているかのように加わってきた。

(われを見覚えておいでであろうか。おそらくは見覚えておいでではあるまい。われはおよ

そ三百年かもっと以前に、ルードの森にてアグリッパどのと遭遇したことのある、魔道師カナリウムのイェライシャと申すもの)

(そのほうの念波のかたちには覚えがなくはない)

アグリッパのいらえがあった。

(おそらくその申すことは真実なのだろう。だが、三千年のわが生のなかで、かりそめに遭遇した人数を数えればそれは宇宙の星の数ほどの無限大にものぼる。もはや、そのいちいちを知己として数える心持は我にはない)

(それは、まことに御尤もながら)

イェライシャはいくぶんむっとしたようであった。

(われもまた魔道使いとしてこの世に名をなせるもの、いかに大導師といえど、わが思念波のパターンをそのあたりの常人と一緒にはなさるまいと存ずるが如何)

(確かに)

いくぶん、アグリッパは譲歩するようすになった。

(そなたの念波をみればそなたがかなり尋常ならぬ力をそなえた魔道師だということはわかる。それゆえ、そなたとかつて遭遇した記憶もとりいだせばただちに探し出すことができよう。だが、わかってほしい。いま、もはやわれは地上の出来事とまったく縁を切っているのだ。もはや長い、長いあいだわれは星々を観相し、その運命を考察することにしか関心を持ってはおらぬ。地上の食事も、肉体的な変貌も何ひとつわれとはかかわりがなくなった。われは究極の――魔道をたしなむものであれば誰でも夢見る究極の精神生命へと進化をとげおおせた。――それゆえ、もはやわれは地上とかかわりをもつことはない。たとえそなたがどのようなすぐれた魔道師であったとしてもだ。いまのわれはもはや、地上におくことはできぬほどのエネルギーをそなえた精神生命でしかない)

(はや、そこまで到達されたのか)

イェライシャはいくぶん鼻白んだ。

(それはまた……それは確かに魔道師すべての理想とする境地ではあるかもしれぬ。だがおそらく、現実にそれに到達されたのは、魔道師多しといえども、この世にアグリッパどのだけであろうぞ)

(それもまたわれには関心なきこと)

だが、アグリッパのいらえはそっけなかった。

(われにはもはや、他の魔道師とわれを比べる心もなく、そもそも他の魔道師とわれのあいだにはいかなる共通項もない。ここでこうして下賤の下界の会話をかわしていることさえ、われにとりてはいくひさしくぶりの時間の無駄づかい、一刻も早く遠き大宇宙の事象への考察に戻りたい。さ、結界をとじるぞ。そこをのくがよろしかろう)

(大導師!)

ヴァレリウスは《声》をふりしぼった。

(大導師! それはしかし、あまりにも! たしかに大導師のような神にもひとしきおかたからみればわれらは下賤のちりあくた、その生死も運命も、それらのものがすまいする国々の栄枯盛衰も運命も三千年のあいだ無数の国々の盛衰を見てこられた大導師の目にはあまりにもおろかしきまどいともうつろうと！――だが、われらもまた生きております。あまりにもみじかき、かくもみじかき須臾の生をそれでも懸命に生きて、おのがみじかきかぎりの生で知ることのできる限りの知識と考察を手にしようと必死にあがいております！　どうぞ、そのことをもいまいちど思い出していただきたい。大導師、大導師とてもそのかみはひとの子のひとりであられたはず――三千年前に生を享けられたときにはよもや、このような神にもひとしきおん身になられようとは思っておられなかった筈――どうぞ、いまひとたびだけ、三千年前に母堂のうちより生を享けられたときのはるかな記憶をよみがえらせ、ひとの子としてのお気持をほんのひとかけらだけ、思い出していただきたい！――私のためではございませぬ。ひとの子のためでもございませぬ。世の運命のためでも……中原の平和のためでもございませせぬ！）

（では、何のためだ？）

アグリッパの念波はびくりとも動いたようすはみえぬ。

（お前は何をもってわれを動かそうというのだ？　われがこれほどに遠くに隠遁せぬ前は、われわれを訪れ、なんとかしてわれの力をかりようとするものなどはあとをたたなかったものだ。それゆえにこそわれはわがすまいを、きわめてたどりつくことの困難なるノスフェラス、それもノスフェラスのなかのノスフェラスからしかゆけぬはるかなる星の上にさだめた。――

そのわれをいったいどのようにしてその魔道師は動かせると考えるのだ？）

（動かせると考えるのではありません）

ヴァレリウスは必死に叫びつづけた。

（所詮わたくしごとき若輩にどうして大導師アグリッパほどの神にひとしいおかたを動かすことができましょう。だが、私はただあなたにお知らせしたいだけです。この——このまま放っておけば、この中原はほどもなく、大導師の三千年来ご存じであられたその中原ではなくなってゆくだろうと。……大導師もまた、その三千年の昔、ひとの子であられたころには、中原に生を享けられたのであるときいております。その中原がいまや踏みにじられようとしている……）

（どのみち中原はいくたびもいくたびも、数えきれぬほど踏みにじられては、焼きつくされ、そしてまた芽生え、そしてまた踏みにじられて時を重ねてきたのだ）

重々しい《声》。

（そしていずれはこの惑星《ほし》そのものが、消亡のときをむかえる。……だがそれはあらたな宇宙塵となってはてしなき時の流れのはてにあらたな惑星として転生するためでもある。それが大宇宙の摂理なのだ。嫩《わか》き魔道師よ、お前も魔道をまなぶもののはしくれならば、大宇宙の摂理に思いをいたさぬわけではあるまい。……すべては生々流転、それがさだめ。——それをくつがえそうとするのはただ愚者のみ、魔道師はさだめに棹さす愚者であってはならぬと、お前の師は教えなかったのか）

（それもすべて存じております。大導師アグリッパ）

ヴァレリウスはいつのまにか、アグリッパとの、ほとんど必死の勝ち目のない戦いにも似た念波の応酬に心を奪われていた。

それは、つまるところ、彼もまた魔道を志した魔道師であるというあかしであったのかもしれぬ。魔道師とは所詮、大宇宙の摂理、黄金律とこの世のなりたち生々流転の法則にこそもっともひきつけられ、その秘密をときあかしたいとせつに願う存在であったのだから。

（だがそれもまた定命あってのこと。定命を迎えずして生々流転してゆくのであれば、それは人為の産物、むしろ不自然な、ヤーンのしろしめされぬ出来事かと……そしてこの地上に異世界をもたらす、そのようなこころみこそ、もっともヤーンの喜びたまわぬ、黄金律にそむくおこないではないでしょうか？）

（地上に異世界をもたらす――そのようなことのできた者は、これまでにいなかったのだ）

瞑想的にアグリッパがいった。

（われは見てきた。――なんと多くの魔道師が、おのれの得たわずかばかりの力に思い上がり、世界の大きさを見誤って、そのように、この地上をわがものにしたいと望んだことか？われはもはや、うんざりするほどにたくさんの魔道師たちがそのようなおろかな野望を抱き、そしてそれについえてついにはおのれの生すらも失ってゆくおろかしいかぎりのさまを見てきたのだよ。三千年は限りなく長かった――そして、われは、そうしてすべてを見ていることそのものにすら倦んだ。――もはや何の変化もわれの見知っておらぬものはない。真にあたらしきものなどこの地上にはないのだということを我は知った。三千年かけて知ったことがそれだけだと思えばそれはあまりにも索漠とした考察となる。だがそれが真実だ。真実なのだよ、魔道師)

(むろんそうです。しかし、今度は違います)

ヴァレリウスはさらに必死だった。

(私は見たのです。異なる星、異なる次元をこの地上に招来せしめるために、はるかな東のキタイの大地は作りかえられ、そこにはまったく見知らぬおそるべき光景が出現しようとしています。そしてそれははるかな星とこの惑星《ほし》とを結ぶ回廊になるはず、とヤンダル・ゾッグはそう豪語しています。……それが出来上がれば、おそらくひとり中原だけではなく……すべてのこの惑星の大陸と島々、さらには海も干上がり、山は崩れ去り――この惑星はさいごの時を迎えることになるのでしょう。しかも、その定命によってではなく。そして宇宙には無数の怨霊がときはなたれることになるのです……)

(はるかな星とこの惑星を結ぶ回廊だと)

アグリッパの《声》がひややかに笑いを含んだ。

(おろかしいことをいうものではない。そのようなことは人間には不可能だ。そして、かつて地上はいくつもの侵略の危機にさらされた――人間ならざる者たちのな。だがそのつど、それを回避させたのは、人間たちではなく、また神々でもなかった。むろんわれでもない――そのために力をかしたことはなくはないが。何がいったい、そのような侵略に対して最大の防御の武器となったか、お前にはわかるか、魔道師。――それは、なんと、侵略者たちそれ自体だったのだ。侵略者たちそれ自体が、その侵略者の次元を持込むことでこの地上の次元が壊れ去って次元回廊を成立させ得なくなったり――あるいは逆に、この地上の次元に同化して侵略者であったはずの異生物たちがいつのまにかこの地の住民となりはてたりして……この惑星にとりこまれてゆくことによって、その侵略はただの変転のひとつの要素となりはてたのだ。何回そのような笑止なりゆきを見てきたことか――それはわれに教えた。この惑星は、ひとつの惑星というものは、それ自体の秩序を回復しようとする自動律を持っているということをだ。そのもとに戻ろうとする力、あるべき存在にむかって復帰しようとする力はとてつもないもので――それをこそ《調整者》たちは大宇宙の黄金律の一と呼んだのだ……)

(《調整者》!)

夢中になってヴァレリウスは叫んだ。

(それは……その《調整者》とは何ものなのです！　私も知ってはいます。概念としては知っています。だがそれの実在を感じることも、想像することもおろかなちっぽけな虫けらにすぎぬ私にはできない。あなたは、それをご存じなのですか、大導師――そしてその《調整者》の実在を知っておられるのですか。そして、かれらと会ったことさえも……かれらは人間なのですか？　それとも……神なのですか――？)

(《調整者》について知っているというだけでも、たぶんお前は、われが感じ取れるそのお

前のあまりにも小さなエネルギー総量自体よりも、なんらかの力の所以を持っている存在なのだろう）

ちょっと意外そうないらえがあった。

（われに感じ取れるお前の魔道師としての力量とそしてエネルギー総量は、とうていこのような場所へまで到達することは単身ではかなわぬだろうという程度のものでしかないはずだ。だが、そこのより大きな力をもつ魔道師の力をかりてとはいえ、ここまでやってきたお前が、そうして《調整者》のことを口にするというのは、われには残っていたわずかな人間的な興味をかきたてる。——云うがいい、魔道師、《調整者》について、お前は何を知っている。そして、そのことはお前に大宇宙へのいったいどのような観相をもたらしたのだ？　そしてそれにもかかわらずなぜお前はそのようなかよわい、ただの人間のレベルにとどまった知能しか持っておらぬのだ？）

（それは……）

ヴァレリウスは文字どおりおのれの全知全能をしぼった解答をしいられた。ここで迂闊な答えをすればたちまちのうちに大魔道師は彼に対する関心をすべて失い、あっという間に異次元の扉はすべてとじてしまうであろうこと、そしてもう二度とふたたび彼に結界をひらくことはないだろうということがヴァレリウスにはよくわかっていたのだ。まさしくいまこそが、彼には、魔道師としての存在をかけた正念場のようなものだった。

（それは……それは、おそらく……私が、人間のままでありながら……いうなれば《在家》

の者として地上にとどまり、地上のできごとを、もっとも関心の対象としながら……それでもそれが……最も小さな人間の運命そのものが、最終的にはより大きなものへと……大宇宙への観相へとつながってゆくということを……おのれの直感において把握したからだと思います。……私はここにいます。そして私の一生は……まだ生まれてからあなたのすごしてきた百分の一の時間をちょっとすぎたくらいでしかありませんが、その虫けらのような私にも、やはり大宇宙を感じ取ることも、おのれの存在が大宇宙のなかの一粒の砂であると感じ取ることもできるのです。……それを感知するためには、——理解するのではなく、感知するだけなら、三千年の生とおどろくべき知識と叡智は必要ないのかもしれません。生まれたときからひとはすべてそのことを知っているものであるのかもしれない。……少なくとも私がこうしていま、ここまでやってくるにいたった最大の動機である私のあるじは、からだも不自由な身の上で、車椅子をはなれることのできぬからだでありながら、一回もおのれの生まれた国をはなれたこともないままに、すべてを——そう、人間の知能でできうるかぎりのすべてを知覚し、想像し、推察することができました。愚かな私は最初、彼のいうことばを信じませんでした……私には彼のことばのすべてはあまりにも空想的に、意味もなくきこえました。彼はいいました……このノスフェラスの砂漠ができるにいたったきっかけとなったのは、……二つの……異なる星から宇宙をわたってやってきた種族によるたたかいがあったに違いない……そして、ノスフェラスはその名残であり、カナン帝国の滅亡もまたそのためにほかならぬ……そして、現在、中原をおびやかしているキタイの竜頭人身の魔王、ヤンダル・ゾッグこそは、その……星の海を渡ってこの惑星へ飛来した二つの種族の、破れた側の生き残りであろうと。そしてかれらはいま……この惑星をおのれのもともと生まれた惑星の環境に似せて作り替えることで、おのれの遠いふるさとの惑星に到達するための回廊を作り出そうとしているのだ、と……私のあるじ、パロのクリスタル大公——いや、現在ではただひとりの正当なるパロ聖王、アルド・ナリスは私にそのように申しました……)

(待て)

かすかな——

動揺、というにはあまりにもほのかな、好奇心の芽生えにも似たムーヴメントを、ヴァレリウスは感じ取った。

(ただひとりの正当なるパロ聖王アルド・ナリス、といったのか？　その名は知っている……それは、われの観相にしばしば登場してくる名前にほかならぬ)

アグリッパの念波はさらにいっそう、かすかな興味を示した。

(むろん、われはひとりこの地にあって大宇宙を観相するものとして、すべての出来事、森羅万象についてもまた観察の目をむける。だがそれは心をではなく、知性を動かすだけのものでしかない。——それゆえ、われはこの世界を動かす契機をはらんでいる種子に対してはつねづね関心をむけ続けてきた。それはまた《調整者》の望んだことでもあった……《調整者》はあまりにも膨大なこの宇宙のすべての世界——はては異なる次元のすべての世界にまで目をむけていることはできぬ。それゆえ、それぞれの宇宙、世界、そして次元には、われのごとく、観相をなりわいとし、それによってさまざまな兆候を観察し、必要とあらば《調整者》にそれを告げるものが必要とされる。――このところの中原の情勢がきわめてあわただしかったことはわれの遠い観相にはむろんあらわれていた。そしてアルド・ナリス、という名はそのなかにつねに浮び上がっていた。……お前はアルド・ナリスの従者なのか、魔道師)

(従者……といっていいものかどうか)

ヴァレリウスは目をとじて、おのれの脳裏に、アルド・ナリスのイメージを浮び上がらせた。

(私の思いえがく彼のすがたから、私にとって彼がどのような存在であるのかを感得していただければ、私にとっては幸いです、大導師。――私にとっては……彼はことばにすることのできぬ存在なのです。いつしかに、そうなりました……最初は、そうなるまいとありったけあらがい、それから次には彼とたたかおうとし――ありとあらゆる手段で彼の傀儡となることから逃れようとたたかって……そして、しかしたぶん運命によって……いまでは、私は……死ぬときにはともに、と彼と誓った――たぶん彼の半身のようなものなのかもしれません。……だが彼を理解することは私にはできない。彼のほうがずっとよく――あなたと会話し、あなたの注意をひきつけることができるだろうと思うと残念です。彼がここにこられたら、どんなにか彼は……あなたも、興味深い会話をかわすことができるでしょう。――あの古代機械についてだけでも……)

(古代機械、というのはあの——カイサールの転送装置のことか)

アグリッパはいった。いつのまにか、その念波が、強烈なとがめるような警戒のひびきを完全に失い、おだやかな、むしろ親しみをひそめたものに変わっていることに、ヴァレリウスははじめて気づいて、なんとなく胸の動悸がたかまるのを覚えた。

(カイサールの転送装置——私にはわかりません。私はあまりに何も知らぬ一介の上級魔道師です。——ああ、でもその名前は聞き覚えがあります。それは……それは、キタイの竜王が口にしていた名です。私をとらえて、拷問していたとき、彼は私に、彼がはるかなシーアンに作っているという、彼の新都の情景を見せました。——そしてこういいました。『この都は生きているのだ。この都市はそれ自体の生命を持っているのだ』と。——それから、こうも云いました……この都は、かの古代機械を得ることによってさいごの生命を得て完成する——そしてそれがカイサールの転送装置なのだ、と……)

(………)

(私にははじめてきくことばでした。それに私には信じられませんでした……もし、あるじとあれほど何回もことばをかわし、あるじのことばをくりかえし疑いつつもきかされていたのでなかったら——まったく意味のないことばにきこえたことでしょう。私は疑っていた——私はそのことについてはどれほど彼にわびても足りない。私は彼のことばを信用していなかった。いのちをかけて彼にすべてを捧げるとさえ誓っていながら、私は彼を信じてさえいなかった。彼のことばはすべて詩人の空想にすぎぬと思っていました。病んだ不幸な魂が砂漠にあこがれてさまよい出て見たまぼろしだと。……だが、たまにはこのようなこともあるものなのでしょうか……彼のことばはすべて真実だったのでしょうか？　はるか昔、カナンには星船が、宇宙戦争のはてに墜落し、それによって帝都カナンを一瞬にして滅亡させたのでしょうか……そしてそののち、カナンはノスフェラスの砂漠と化し……そしてそこに眠っていた竜人たちは長いときを経て目ざめ、おのれの故郷にかえる方法を求めてあらたな活動を開始したのでしょうか？　本当にこの惑星は人間たちだけのものではなく――神々と精霊や死霊たちのものでさえなく、異世界から、異次元からやってきたまったく見知らぬ種族をも内包していたのでしょうか？　この世界について我々ただの人間たちが考えていたことはすべて、おろかな、知らぬがゆえの貧しい妄想にしかすぎなかったのでしょうか？）

（――お前は、面白いやつだな）

アグリッパの《声》がいんいんと頭のなかでひびいたとき――

ヴァレリウスは、ふいに、からだじゅうの力がぬけてがっくりと、安堵のあまりその場にくずおれてしまいそうな脱力感にみまわれた。

（ええッ……大導師……）

（まことに何ひとつ知らぬ、おろかな上級魔道師とやらにすぎぬのだとしたら、よくぞ……そのあるじアルド・ナリスのおかげかもしれぬが、よくぞそこまで、たかが一介の虫けらの身でそこまでより巨大な真実に迫り得たものだ。――それがわれの興味をひいた。むろん観相の刻をさまたげられることは好かぬ。だが、お前のことば――否、ことばよりもお前の発散する何かがわれの興味をひいた。何が、とはまだことばにできぬが、それについていま少しことばを交わしてみることにしよう。どれ、結界を開いてやるほどに、われの結界に客となるがよい。そこの老いた黒魔道師とともにな)

(な……なんですって……それでは……)

ヴァレリウスは叫んだ。

(それでは……私を……大導師の結界に……)

(結界を開くゆえ、黒魔道師とともに飛べ)

大導師の指示はきわめて簡単明瞭であった。

(結界は一秒《タル》しか開かぬ。黒魔道師ならそれで充分だろう。思い描くのは砂漠だ。砂漠の夜の惑星をイメージせよ。そして飛ぶのだ。よいな——結界を開くぞ!)

3

（ああ――！）

ヴァレリウスは、飛んだ。

（砂漠――夜の星――砂漠の果て……）

白い、髑髏にかざられたモニュメントが、うねるようにうごめきだしたような感覚がヴァレリウスをとらえる。うしろから、ぴったりと両手をヴァレリウスの肩にかけたままのイェライシャがともに飛んで結界に入ってくるのを感じる。白熱した炎がめらめらと燃えさかっている白い太陽のコロナのなかに身を投じるような感じがからだをつらぬき、結界にふれたとたんに全身が叩きつけられるほどの衝撃があった。イェライシャがうしろからささえてくれていなかったら、からだごとばらばらになってしまったかもしれない。

（あ……あ……ああ……）

ありとあらゆる感覚がいちどきに細胞のすべてに流れ込んできて、上下も左右もすべての感覚が破綻し、おのれの肉体の五感もみなめちゃくちゃにかきみだされるような強烈な墜落感があり――

そして、一瞬ふっと意識が遠のいて、気づいたとき、彼は、顔を吹き抜けるひんやりとした風にさらされていた。

（あ……）

目を開くのが恐しいような一瞬のためらいがあって、ヴァレリウスはそっと目をひらく。だがもう、結界をこえたせいだろうけれども、それが現実の目をひらいて現実の視力で見ているのか、それともこれは魔道の精神的な視力なのか、それはもうまったくさだかではなかった。そもそも、それをいうならば、彼自身の肉体が、うつつのままに存在しているのか、それともこれは観念の肉体のイメージで、いつも持っている現実の肉体のイメージを精神が思い描いて存在させているだけなのかさえわからない。すでにアグリッパの結界のなかに吸収されたことはわかっていた。つまりはいうなればかれらはアグリッパの内宇宙のなかにいるのだ。そして、アグリッパの内宇宙があまりにも強烈なパワーを持っているので、そのなかでは、よほどしっかりと自意識を保っていないとそのままアグリッパの内宇宙に吸収されてしまいそうな恐怖を感じるのだ。

だが、ヴァレリウスはあえておのれの見たものをうつつだと信じようとつとめた。それがおのれの正気をたもつ、一番よい方法であると思えたからだ。かれの目にうつったものは、見渡すかぎり何ひとつない、ひろびろとした――だが明らかにノスフェラスとはまったく異なる、灰色がかった砂の起伏がただひたすら延々とつらなっている夜の砂漠だった。

濃紺の夜空が重たくその砂漠の上にのしかかっている――そして、そこには無数の、それこそふりしきるような星の輝きが見える。目もくらむほどのまばゆい星々、白い銀河も中天からななめに横切ってかかっている。異様に星が近く見える、とヴァレリウスはかすかに思った。

さわやかな風が吹いている。最初はひどく冷たいと思ったが、そう感じたとたんにそれはさわやかな、ひんやりとした風にかわった。ヴァレリウスはまわりを見回した。となりに、イェライシャが立っていた。やはり興味深そうにあたりをしきりと見回している。

「これはなかなか……」

イェライシャはヴァレリウスが意識をとりもどしたのに気づくと、感心したようにいった。

「こんな、巨大な結界は見たこともないぞ。さすが、大導師アグリッパだな」

「結界のなかというにはあまりに巨大すぎて」

ヴァレリウスは苦笑した。

「なんだかここが結界のなかだという実感がありません。ただ、別の惑星へ飛翔しただけなんじゃないかという気がするくらいですが……でもそれをいったら、別の惑星の上ではあるんですね、たしかに？」

「たぶんな。この惑星ではない、とさっきアグリッパが云うていたからな。わしもついつい、お節介な性分じゃでここまでついてきてしまったが――だが、そのおかげで、結構なものを見せて貰うたよ。アグリッパの結界のなかなど、通常ではまず、生きて入り、生きて出られるものではなかろうからな。まあ、生きて出られるという保証はないが」

「アグリッパの気配がない」

ヴァレリウスはけげんそうに云った。

「結界に入ってわしの客となるがよい、といってくれたのですがねえ。いったいどこに彼はいるんだろう。この広大な結界のなかでまた探さなくてはならないんだろうか」

「そのうちにおのずとあちらから出てくるだろう」

イェライシャは面白そうに云った。

「おう、だが確かにこりゃ結界の中だ。ただ別の惑星に飛んできたというわけじゃない。いまちょっと、わしの魔力《ちから》をためしてみようとしたが、まったく封じられていることがわかった。この中では、接触心話も使えないし、こうしてぶさいくに口で喋るほかないようだな。それに……飛ぶことも、念動力を使うことも」

「そりゃまあ、ある意味では、ひとのお腹のなかにいるようなもんですから」

ヴァレリウスは鬼火を呼出してみようとしたが、やはり何の効果もないことを知って肩をすくめた。

「それにしても……この旅に出てきてよかった。なんだか、ずっと驚かされっぱなしなんですが、それにもまして、なんというんでしょうか……魔道師ギルドに属する御用魔道師、白魔道師というものと、独立不羈の大魔道師との違い、根本的な違いというものをあまりにもみせつけられて……老師にもですが。それで私にとっては、ものすごい一大ショックですよ。これまで、私はあまり疑うことも知らずに、ほとんどパロから出たこともなく、魔道師ギルドの下っぱとして腕をみがき、いわれたままに忠実に修業し、訓練を重ねていって、魔道師見習から下級魔道師、そしてだんだん試験を通っていって、ついに上級魔道師の資格を得たときには天にものぼる思いでした。でも、これだけ見てくると……アグリッパとはいいません、イェライシャ老師をみても、カロン大導師だって……これだけ、違うものなのかなと思うと……私も魔道師のはしくれだから、なんというんだろう、血が燃えますよ。私がパロの忠誠な……というか、アルド・ナリスの忠義な配下でなかったら、いますぐにでも老師に弟子入りして、これまでとはまったく違う、本当の魔道師としての力をつける修業をはじめたいくらいです。これはなかなかの衝撃でしたよ。まさしく、檻で飼われるトルクには、頭の上のミャオがみえない、っていうやつですね。——グラチウスの場合には、やはり、どれだけ力が強くともあれは黒魔道師なんだから、自分とは違う、っていう気持がどこかにあったようです。またヤンダル・ゾッグの場合には、まったく……人間じゃないんだ、と思っているから……でも、老師やアグリッパ大導師は……参りました。こんなに力が違うと腹もたたない。本当にわれながらなんと非力なんだろうと感心するばっかりで」

「おぬし、だいぶん元気が出てきたの」

イェライシャがくっくっと笑った。ヴァレリウスは驚いた。

「ど、どうしてです」

「よく喋るようになったからだよ。おぬしは本来、そういう陽気なたちじゃろ。あのパロの麗人にかかわってかなり本来のさがを矯められていたのかもしれぬが、それでこそ、おぬしらしいよ。おぬしのオーラがごく普通の色あいになってきたでな」

「そ、そうですか。この結界のなかでも、オーラがごらんになれます？」

「そのくらいはな。そもそもこのなかは精神世界だから、もっと純粋にオーラのみのかたちしかうつらんでね。おぬし、わしの結界にやってきたときにくらべて、ずいぶんと顔色がいいよ」

「そう……ですか。そうですねえ……きっと、私はやっぱり魔道師なんですね。魔道が好きなんですよ」

「不幸にしてな。……が、ともかく白魔道師連合と魔道師ギルドの存在が、すべての魔道師をまるで城づとめの衛兵同然のものにしてしまったのは確かなことだね。そもそも、大勢の魔道師のエネルギーをあわせて大きなエネルギーを得る、などということはわしは信じないよ。そんな方法もたしかにないとはいわないが、そもそも魔道師というのはおのれ個人の可能性を、限界をつきやぶって脳と精神と肉体の可能性を求めることからはじまったものであるはずでな。――神々にちょっとでも近づこう、というこころみであったはずの魔道が、人間どもが大勢で力をあわせる、などという考えかたと相容れるはずはないんだよ」

「これまでなら、『それはまったく旧式な考えかたです。そしてそういう旧式な考えかたの限界をつきやぶるために我々、新しい魔道師ギルドの魔道師たちが生まれてきたのです』と生意気なお答えをして、老師のご不興をかっているところだと思います」

ヴァレリウスはなんとなくおもはゆそうに笑った。

「だが、いまとなっては……結局のところ、われわれは狭い池のなかの魚しか知らぬランドだったのだろうかと思わざるを得ませんね。――われわれはたぶん、本当におそるべき魔道師などというものと直面する機会がなかったので、そういうものの存在を知らなかったのかもしれないという気がします。――もしも私ひとりだったら、いや、カロン大導師おひとりでさえ、いったいこのような巨大な魔力に対してどのように立ち向かえただろうかと思うと……何かが根本的に間違っていたのだろうかと――われわれの進化してきた方向は。といって、われわれのいまの力をあわせればどうなったかということは、キタイの王がみごとに証明してみせてくれたところですし……」

「おぬしのその理解が、おぬしをかえって魔道師ギルドから孤立させてしまわぬように祈るがね」

イェライシャはなぐさめ顔にいった。

「えてして、そのようなことを最初に云い出すものというのは、それこそわしのような運命をたどるのだよ。――わしもかつて、ドール教団においてとてつもなく思い上がっていたものだよ。ドールの力をかりて、この地上すべてをさえ征服できる、とでもいうようにな。そのわしをドールの力、黒魔道の力など所詮は限界があるのだ、と思わせたのもまたひとりの魔道師だった。――これは名もなき白魔道師であったがね。その白魔道師はわしの前になすすべもなく倒れたのだが、それでいてわしに、本当の力とは何か、ということを深く考えさせ、回心のきっかけとなったのだよ。だが、ドール教団をぬけ、白魔道に回帰しようとしたわしを黒魔道師たち、ドール教団は――そしてドール当人も許さなかった。……だがまた、それによって――ドールに追われ、ドール教団の黒魔道師たちに追われる長いきびしい試練の年月によってわしはこのていどの力を身につけるにいたったのでね。それもまた、逆にわしのためにはおおいなる恩恵であったといわなくてはならん。――が、待てよ。おお、この近づいてくる波動は……」

「感じます」

緊張してヴァレリウスは云った。

「アグリッパですね……さっきよりもずっと鮮明に感じます。結界のなかだからだろうな」

(客人たちよ)

いんいんとひびきわたる念波がふたたび、かれらの脳にしみこんできた。

(すまぬが、そなたたちの素性、魔力《ちから》、そしてその口にしていることばの真偽をわれのほうであらためさせてもらった。むろんそのような、魂の真実と不実はふれたせつなにわかるものだが、われもわが貴重なる時間をさくためには、おろかな寄道のためにはしたくないでな。――だが、その結果いろいろと面白いことを発見した。あらためてわれと対面を許そうほどに、案内についてきたがいい)

「案内――」

ヴァレリウスとイェライシャは顔を見合せた。いったいどこに案内がいるというのか、何ひとつ生きたものの気配もない夜の砂漠があたりにひろがっているだけである。

が、そのときだった。

ふいに、目のまえに、小さな、半分透き通った白い、まるでぶるぶるふるえるゼリーかなにかで出来ているかのような妙な動物があらわれた。長い耳が頭の両側に垂れていて、そして見開かれた目も青白かった。どこにも色というもののないかのように見えるこの不思議な小さな動物はヴァレリウスの半分もなかったが、ちょこんと両手をそろえてヴァレリウスたちを見上げた。

「星兎のサイカと申すものです」

その、一見するとアルクにもちょっと似ているが、あと足で立ち上がって歩くので妙に人間じみてもいる奇妙な動物はそう名乗ってひどく人間くさいしぐさで頭をさげた。

「大導師様からお客人の御案内をおおせつかりました。私のあとをついていらして下さい。少々飛びますので」

「これはまた……」

イェライシャとヴァレリウスが顔を見合せるいとまもなく、星兎のサイカはその頭の両側にたれていた耳をふわっとひろげると、とびあがった。ひろがるとそれは耳というよりも巨大な羽根であることがあきらかになった。その羽根もなかばすきとおって、ぶるぶるとふるえるジェリーのようなその羽根のあいだから、夜空の星がすけてみえる。まるで幻想から生まれた生物のようなその奇妙な動物が空に舞上がると、青白いまぼろしか、エンゼルヘアーのかたまりのように見えた。

イェライシャがすいと浮び上がったので、ヴァレリウスもからだをうかばせようとした。だが、けげんな顔をして印を結んでみる。それから、困惑した表情でヴァレリウスはイェライシャを見上げた。

「魔道が、まったく使えません」

ヴァレリウスは困ったようにいった。

「老師もさきほど、いっておられたように魔道が封じられているようで……老師はなぜ、飛べるんです？」

「これは失礼。もうちょっと封印をゆるめます」

あやまったのはサイカであった。ふいにヴァレリウスは宙に舞上がった。また、魔道が多少きくようになったのだ。

「部分的にといてくれたようだな」

イェライシャが慰めるようにいった。

「そのときかたが、おぬしの魔道の力ではまだ足りなかったのだろう」

「私はほとんど生まれたてのヒヨコも同然ですね。わかっていたことではありますが」

「なに、しょげることはない。相手はこの地上最大の魔道師なんだよ」

「それでも、老師なら、ちょっとゆるめてもらえただけで、魔道がきくようになるんですから」

ヴァレリウスはやや悲しそうにいったが、そのまま宙に舞上がって、あやしい星兎のあとを追った。

それは奇妙な――というよりもあまりにも幻想的な光景であった。夜の砂漠はふるような星空の下をどこまでも続いている。そして、その夜空の下を、砂漠から二タールか三タールばかり宙に舞上がって、頭に巨大な翼とも耳ともつかぬもののある、白い毛皮でおおわれた青白い奇妙な生物がとんでゆく。少し遅れて、長い白衣にまがりくねった杖を手にしたヤーンのような老人イェライシャと、黒い魔道のフードつきマントをなびかせたヴァレリウスが体を宙に浮かせてついてゆく。

それは童話的――とでもいいたいような光景であった。ふるような星空から、リンリンと鈴の音がきこえてくるように思われ、そこをそうして飛んでいれば、ここが世界でもっとも力のある、もっとも大昔から生きてきたとされている大魔道師の結界のなか、その魔道師の精神が生み出した世界のなかなのだということも、そしてこのとてつもない世界のはるか外では相変わらず人々が永劫にかわらぬおろかしい喜怒哀楽のいとなみをくりかえしているのだろうということも忘れてそのまま童話の世界にとけこんでいってしまいそうだ。どこまで飛んでも、砂漠のはてるようすもなく、海や、またあらたな森林や崖など眺望に変化をつける地形がくりひろげられてくることもなく、それは見渡すかぎりの砂の海だった。

「これはまた、とてつもなく広い砂漠だな」

イェライシャが思わず感心の声をもらす。

「どこかの建物や地域に中心を設定してそれを守るバリヤーとして張る結界ではなく、こうした独立した結界というものは、それを張る当人の内的宇宙の反映だから、その当人の力以上の広さにはすることができぬものだが、これはまたどうにもとてつもなく広い。やはりさすがに伝説の、地上最大の大魔道師、大導師アグリッパの結界なのだな！」

「ひとつの惑星ほどありますね」

ヴァレリウスはうんざりしたように、

「伝説では、北の賢者ロカンドラスがノスフェラスに結界をもって、別の惑星に住んでいるという話をきいたことがありましたが……大魔道師というものは、ゆきつくところまでゆきつくと、しょせんはノスフェラスの砂漠にたどりつくものなのでしょうか？　イメージが……」

「さようでございますね」

頭の両側の巨大な翼をはたはたさせながら飛んでいた星兎のサイカがふりかえっていったので、ヴァレリウスはぎょっとした顔になった。

「えてして、大魔道師というものはノスフェラスを好まれますが、それもゆえのないことではございますまい。ある限界をこえた大魔道師となりますと、エネルギーの総量もかなりとてつもないものとなりますし――それを無事においておくには、なるべく刺激の少ない、変動の少ない砂漠のような場所のほうがよろしゅうございますから。――それに、異なる惑星上に設定するにしても、砂漠から砂漠への飛翔のほうが、イメージの連環性がありますので何かと楽でございます」

「わあ」

ヴァレリウスは低くつぶやいた。

「あんたも、魔道師なのか」

「とんでもない。わたくしは星兎、大導師さまが身辺の世話を命じるために作り出してここにすまわせて下さっている、やくたいもないかりそめの生命体でございます。大導師さまのおことばを借りれば『半生物』というものだそうで」

「……………」

ヴァレリウスは唸った。そしてもうこれ以上、このことについて考えるのはやめることにした。あまり深く考えると、脳が破綻してしまいそうだったのだ。

かれらは青白い奇怪な半生物サイカに導かれて、かなり長いあいだ、砂漠の上を飛んでいった。それはいわゆる《飛ぶ》――閉じた空間を使っての移動とはまったくことなり、からだを念動力によって浮かせての文字どおりの飛翔であったが、それは魔道師たちにとっては基本となるわざのひとつといってよく、通常の訓練を受けた上級魔道師ならばかなり長いあいだそうしてもエネルギーがつきることはない。だが、あたりの風景はいつまでもかわることもなく、ただどこまでも砂の起伏が続いてゆくだけのその光景をずっと見下ろしていると、だんだん頭がくらくらとしてきて、自分が起きているのか、眠っていて悪夢を見ているのかさえわからなくなってきそうだった。

ふいに、イェライシャがするどくヴァレリウスを呼んでその注意を喚起した。

「ヴァレリウス」

「え……あッ……」

ヴァレリウスはイェライシャにうながされたほうを見た——そして、あっと声をあげた。

突然、まったく変化をみせなかった地形が変化していた。だが、それは地形の変化、といってよかったものかどうか。

ふいに、なだらかな砂の起伏が続いているばかりだった砂漠はとぎれていた。そして、そこに——

「こ、これは……」

思わず、ヴァレリウスは口走った。おのれの目が見ているものが信じられなかった。

「これは……まさか……」

「大導師様が、お客人にお目にかかります」

サンカが奇妙な甲高い声でいった。そしてふいにその姿は、ふっとうしろの闇にそのままとけるようにして消えてしまった。

それに驚いているいとまもなかった。イェライシャとヴァレリウスの目は、目の下にくりひろげられたあまりにもおどろくべき光景にくぎづけになっていたのだ。

(これは……)

目の下の平野は——

もはや、単調な砂漠のつらなりではなかった。

それどころか、これ以上に変化にとんだ仰天すべき眺めなどというものは、想像することもできなかったであろう。

かれらの目の下にひろがっているのは、ひとつの巨大な――本当におそろしいほどに巨大なひとの顔であった。

さしわたしをはかることさえできぬほどに巨大な顔――その唇がすでに巨大な渓谷を形成しているほど、それほどに巨大な顔である！

その鼻はきわめて高い――かの名高い世界の屋根ウィレンの山々にさえ比すべきほど高い山としか見えなかったし、その顎もまたおそろしく急な崖を形成していた。そしてしわぶかいその顔のしわのひとつひとつが、この巨大な惑星に刻み込まれた干上がった河のあった谷かとも見えた。かれらが上から見下ろしているのでなければ、直接歩いてここにたどりついても、それが何を意味しているのか、とうていわかることはできなかっただろう。思わずも、といったようにイェライシャがぐいと上空に舞上がった――ヴァレリウスもそれに反射的に続いた。はるかな上空から見下ろすとまるで自分が小さな羽虫チーチーになって、人間を見下ろしているかのような錯覚があった。そこに横たわっている顔は、とてつもなく年老いた――そしてはかりしれぬ叡智を秘めた、それこそひとつの都市ほども大きさのありそうな顔であった！　いや、山も谷も崖も、そして神秘な双の眸という湖さえもそなえていたのだから、それは都市というよりはひとつの地域、というべきだったかもしれない。

上空に舞上がって見下ろすと、ますますその容貌がひとの顔であることははっきりとしてきたのだが、しかしそれはあまりにも驚愕と驚異を誘う光景でしかなかった。髪の毛はほとんどなく、ひいでた額からそのまま巨大な後頭部が続いている――それがいったいどうやって大地と合体しているのか見極めようとヴァレリウスは死ぬほど目をこらしたが、どういうわけかどうしても見極めることができなかった。それは何も知らずに遠くからみわたせばただ、かぎりなくひろがる砂漠にさらにいくつかの起伏をつけくわえる、偶然上から見下ろせばひとの顔のそれにも似通ったかたちをもつ地形のいたずらとしか見えなかったかもしれない。だが、それは生きていた――それは、あまりにもはっきりとしていた。なぜならばその目が――黒くあやしい、水晶体ひとつがさしわたし何十モータッドもありそうな目がきろりと動いて、かれらを――羽虫同然の小さなかれらを見上げたからだ。そしてその巨大な、渓谷にも似た唇が動いた。明瞭な声が洩れた――それはじっさいには心話であったのかもしれないが。

「ようこそ、数百年ぶりの客人たちよ――アグリッパの惑星《ほし》へ」

その巨大な顔は、あのいんいんとひびく声で、ただひたすら驚愕しているかれらにそう告げたのであった。

4

「これ……は……また……」

　ヴァレリウスは口ごもった。イェライシャでさえ、ヴァレリウスがよこ目でみると、かなり驚愕しているようすを隠せない。とにもかくにも何をいうにも相手が巨大すぎた。まるで、惑星そのものと話をしているかのような錯覚さえ覚える——が、いったいどこまでがアグリッパの本体なのか、それもよくわからない。あいてはそのままこの大地全体へとけこんで続いているかのようにしか見えないのだ。

「そのとおり」

　かすかに、笑いとみえるほころびに、巨大な唇の渓谷がゆがみ、そしていんいんとひびきわたる声が告げた。

「われはこの惑星《ほし》それ自体だ。そのように思うてくれればよい。——むろんここはわが結界の内、おぬしらが見るものもまた幻影にほかならぬ。が、幻影とはすべて、真実の影法師、そうは思わぬか、魔道師たちよ」

「それは、むろん」

先に態勢を多少たてなおしたのは当然のことながらイェライシャのほうであった。

「まずは……あまりの驚きに言葉を失ってしまった非礼をおわび申し上げなくてはなりますまい、大導師アグリッパ。そして、このような——通常なれば想像することさえかなわぬであろう精神の奥処までも、われら突然の無礼なる椿入者を迎え入れて下された、大導師のご寛大なるお心やりにいくえにも感謝を。——あらためて名乗りをあげたほうがよろしければ、これにてあらためてお見知りおき願う挨拶を申上げたきものだが……」

「それには及ばぬ、《ドールに追われる男》イェライシャ」

地鳴りのようにいんいんとひびく声が答えた。

「この結界の内なれば、わが記憶はすべてわれとともにある。——おぬしと言の葉をかわした次元のことも、その時間のことも、すでにわれはすべて思い出した。——また、そこのうら若き魔道師、サラエムのヴァレリウスと申したかな？　その者の言葉がわが興味をひいたので、いまの間に地上に幾百年ぶりに目をむけ、現在ただいまの地上の様子を走査してみた。幾百年ぶりといいながら、それもまたわれにとりては須臾のうちのことではあったが——しかし、なかなかに興味深き展開がなされていたものだな。このところの地上においては」

「そ……それは……」

ヴァレリウスはなおも言葉に詰りながら云った。

「それは……現在の状況を……すべて……調査なさったという……つまり——」

「すべてとは云わぬよ。知れば知るほどにこの世界、存在、そして大宇宙というものは無辺大に広大だ。そのすべてを知っていたところで知っているとは言えぬ——次の刹那にはそれはすでにゆらめいて様相をかえる。というて、すべての刹那をすべて知っているがためにわが能力の一部なりともずっと地上に向けているには、わが関心はすでにあまりにも人々の運命《さだめ》のうちにはない」

「人々のさだめの上には関心をお持ちではない……ならば……何を……」

「それはいま、そこもとにいうたところでわかるまい。うら若き魔道師よ」

いんいんとひびく声がかすかにあわれむひびきを帯び、そしてアグリッパはかすかに笑った。

「またわれも、限りあるいのちのひとの子に、理解されようとも思わぬ。こうしてえにしあってめぐりあったが、このこともまたおそらくは、大造物主の予定調和のなかにはあらかじめ組込まれたことであるのか、ないのか——かくも巨大な予定調和の自動律のなかにおいては、おのれが操られているのか、それとも自らの意志をもって存在しているのか、まずそれをたずぬるためにも三千年の年月は必要としようよ」

「それは……それは……」

またしてもヴァレリウスは、返答のしようを見失った。彼は魂が口から出てしまいそうな深い吐息をついた。

「大導師アグリッパどの。降参します。といって私が降参したところで、大導師にとっては何の意味もありますまいが——私もこれでも、ほんの少々ばかりは魔道をかじり、多少は知

能もあるものとうぬぼれても来ました。恥かしくも思い上がっていた部分もあります。しかしこうしてこの世の最大の魔道師たる存在の前にでて——私は、どうお答えしていいのかわかりません。あなたと——あなたと私ではあまりにも力そのものが違いすぎて……チーチーにひとの心をはかり知ることができぬように……ひとに、神の思いを見知ることができぬように……」

「まあ、そのようにいうたものでもない」

アグリッパはまたかすかに渓谷のような唇をゆるめて笑った。その、巨大な湖のようなふしぎな灰色の眸がヴァレリウスを見上げてまたたいた。

「そこもとは久々にわれの関心を現世にひきつけた。——これは、まことに大変なことであったというべきだろう。われはもう、何百年ものあいだ、現世へのいかなる関心も失っていた。それはあまりに長きにわたり、すべてを見つくした結果だとわれもまた、思いあがって思っていた。だが——それが誤りであることをこなたはわれに教えてくれたのだよ、若き魔道師よ。すなわち、すべてを見つくした、などということは、所詮いかに力を積み上げたとしてさえ、神ならぬこのわが身にはありえぬのだということ、どのようなおどろくべきことも現世には起こり得るのだということをだ」

「……」

「面白いことだ。驚くべきことだ——久々に、わがこのとうの昔にひと、という枠組みを離れてしまった精神に、ひとの魂がふれてくる——そして、われもまたはるか昔、このようなひとの子であったのだとかすかにささやく。――このような刺激がわが魂に触れてくるのさえあまりにも久々のことだ。現世から観相しうるものはすべてしつくしたと思うていたわれの思い上がり――それがこのようにして矯められるのはある意味、驚くべき喜びにほかならぬ。――まこと、よう参ったな、若き魔道師よ。そしてよう、われのこの魂のおくつきにまで達してわれを呼び覚ましてくれたな。礼をいおう。われはひさびさにわれもまた《ひと》であった感覚をよみがえらせた。――こなたの持込んだその血潮の熱さや思いのゆらめき、そして情念の激しさが、われにはこの上もなく新鮮に感じられる。……かつてはそのようなやくたいもないものに倦みはてて、すべての王国をはなれ、はるかノスフェラスへ――そこにさえもたずねあてくる者たちのとぎれぬことにいやけがさしてさらにこの次元へとひきこもっていったわれであったものだがな」

「……………」

ヴァレリウスは恥じ入った思いでじっと、眼下の怪物――というよりも、神と呼んだほうが適切であろう巨人を見下ろしていた。

「どうした?」

アグリッパはまたかすかに目で笑った。

「おぬしの魂の揺れとふるえが伝わってくるぞ。いま、おぬしらはわれの魂の内宇宙にいるのだということを忘れまい。おぬしらを存在させているのはいまはこのわれだ。それゆえ、まことには、何ひとつ口にすら出す必要はない。ただ、思考しさえすればそれはわが宇宙のうちに存在する――何を恥らっている？　何をおそれている？」

「恥じ入っているのは……おのれの観念があまりにも皮相的で、あまりにも現世的で……あまりにも表面的だったことにうちひしがれているのです」

ヴァレリウスは正直に答えた。

「私の持込んでこようとした懸念や……お願いはあまりにも現世の……おろかな、人間たちの……ここにこうしていれば、あなたの内宇宙にいるのですから、その広大さも、偉大さも――奥深さも底知れなさも、いかな馬鹿な私といえど感じます。そのあなたに対して、私のおろかなあまりにも浅薄な尺度でしか考えず、見ないでここまできてしまったおのれのあさはかさに、私は……恥じ入って血を吹きそうな気持なのです。おそれているのは……おそれているのは、あなたをではなく――こうしているあいだに、地上で……おこるかもしれぬ異変のことを……」

「クリスタルの反逆大公アルド・ナリスか」

思わぬ名前が、老いた巨人の唇からいんいんともれてきて、ヴァレリウスの全身を身震いさせた。

「興味ある人物だ。――そしてまた、さまざまの波動がゆらめいている。われはいまの中原のようすも透視してみた。そして、おぬしがなぜここにやってきたか、その《ドールに追われる男》がなぜ、おぬしに手助けしてやろうと考えたかも理解した。――そして、これからわれがどうすべきかも理解している。それは観相の結果であってみれば、おぬしとはさしたるかかわりのないことであるかもしれぬが、な。——だがそれほど時間もないのだろう。おぬしの頼みごとというのも、われにはこうしているだけで伝わってくるのだが——だが、それはできぬ、とまず、あらぬ希望をおぬしが持たぬよう、断っておかねばならぬ。われを動かすものは大宇宙の真理、そしてそれにまつわる洞察と観相、それをおいてはない。そして観相の真実に迫ってゆけばゆくほど、その観相者は事象それ自体からは遠退いてゆくものなのだ。なんとなれば、事象それ自体というものは、観相された刹那から、その観相者をまきこむか、あるいは排除するか、どちらかのはたらきをあらかじめ内包しており、いうところの純粋なる観相に近づこうとすればするほど、観相者はその自らの自我を去ることをしいられる。——あるいはまた、観相者、という名の《個》であることを捨てざるを得なくなる。——それに対して、観相しつつ事象とかかわろうとすれば、その観相はかならずや、一方の主観にかたむいてゆく——すなわち、それはすでに純粋なる観相たりえぬ。……わかるか。わからねば、わからぬでもよい」

「わかります」

ゆっくりと答えたのは、ヴァレリウスではなく、イェライシャであった。

「だがこの若者にはわかりますまい。彼は、ひとの子の生のまったただ中にあって、いまやまさにそのなかで苦悶しているのですから」

「そのとおりだ」

「そして私にせよ、その純粋なる観相に達するためにはいまなお一千年を経なくてはならぬかもしれぬ、と思い始めているところでしかありません。神であるためにはひとであることを捨てなくてはならぬ。神でありながらひとでありつづければ神であることの力を失う。そしてひとであることを選ぶのは神の視点を失うことなのですから」

「そのとおりだ、魔道師イェライシャ」

アグリッパが、いんいんとひびく声でイェライシャの名前を呼んだ。

「そうだ。そのようなことをかつて、かのルードの森のなかでわれはそなたとかわした記憶がある。——そのときにはわれらは主として《時》について語り合ったものだった。最大の謎であり、最大の問題であり、究極の命題であるところの《時》についてだ。——だがこの若者はまさしく《時》——もっとも偉大なる神ターナーの内にとどめられている。いや、おそらくは、みずからそこにとどまることを望んでいる。——ヤヌスも、ヤーンでさえも、その前ではただの若僧にすぎぬような巨大な存在——いや、存在であることをさえ超えた存在——そのようなものに正面からたちむかうためには、ひとの子であることはあまりにも制約が多すぎ、だが神であることはあまりにもひとの子の心をはなれすぎる……」

「そのとおりです。だが、アグリッパ。この若者には時間がないとおっしゃった。この若者について観相して——いや、観相の一部を動かして下さったのだとすれば、もしもそれをうけたまわることができるのなら、私にせよここまでこの若者を連れてきて仲介してやった甲斐があったというものですが……」

「なるほど」

しばらく——

イェライシャのことばを咀嚼し、反芻しているかのように、巨大な惑星そのものの顔のようにみえる貌は動かなかった。

それから、ゆるゆると巨大なまぶたがおり、それからまたあがっていった。しわぶかい顔のこまかなひとつひとつのひだまでが、大地にきざみこまれた流れのあとのように深くうがたれている。

「そうよな……」

やがて、ゆっくりと、アグリッパの口がふたたび開いた。二人の魔道師は、上空から、まるで大地を見下ろす二羽の鳥のように大魔道師を見下ろしてそのことばを緊張しながら待っていたのだった。

「それは、こなたのいうのももっともだ。——この若者は所詮ひとの子として生きてゆき、そして死んでゆくだろう。それがたまたま魔道師であるからといって、すべての魔道師が魔道師としての心を持つとは限らぬ。おそらくはこの若者は、魔道師を志しつつ魔道師たりえぬからこそ、このようにわれの心をも——もはやひとの子たることを忘れたわれの心をも動かし、ふれることを得たのだろうからな。そのように考えれば、ひとの子であるということも、さのみ捨てたものではない。——とはいうものの……」

「……」

「われは、彼の慫慂を得たので、はるか中原から、東方のキタイ、そして南方、北方諸国にいたるまでひろくひさびさの観相を走らせてみた。その結果、われはなかなかに驚くべき手ごたえを得た」

「え」

ヴァレリウスは思わず、身をのりだした――とはいっても、この巨大な顔の前に、いったいどこにどう身をのりだせばよいのかはよくわからなかったのだが。

「その手ごたえとはほかでもない。――確かにこの若者のいうとおりだ。キタイにはおそるべき事態がおこりつつある。たしかにわれがここでこのようにいかに大宇宙そのものの黄金律を観相していたところで、このような動きは予想しえなかったかもしれぬ。なぜならば、これはまったく不可知の要因によるものであったからだ。そう、まったく不可知の要因――普通ならばそのようなものはまず存在し得ぬ。だが大宇宙にはどのようなものごとも起こり得る。だからこそ、可変の事象というものが成立しうるのだ――すべてがターナーの意志にしたがうのであれば、すべてを見透かすヤーンこそが最大の神ということになる。だが、地上において双面神ヤヌスが主神であり、時の観相者ヤーンが副神であるにはそれだけの理由がある。それは、変容の可能性というものが、ときとして、思いもよらぬところからやってくるからだ。――それがすなわちこのたびのキタイのような出来事なのだな」

「キタイ」

ヴァレリウスは、アグリッパの口にすることばに激しく緊張しながら云った。

「大導師はキタイを――キタイを観相なさって……そして、何をごらんになったのです？

キタイでは、何がおころうとしているのでしょうか？」

「次元侵略」

大導師アグリッパのこたえは、きわめて、簡単明瞭であった。

ヴァレリウスは、まるで、恐しく重たいと思っていた扉をおしたらそれが簡単に開いてしまった、とでもいうかのように、ぽかんとして、そのことばを咀嚼していた。

「次元――侵略――？」

「そうだ。それは――さよう、いくたびもいくたびもくりかえされてきたことでもあり、そしてまた、そのたびになんらかのかたちで阻止され、あるいは阻止され得ずにある世界のほろびを迎えることにもなった、そのこころみだった。――それは、大宇宙よりもさらに上の次元でおこなわれている問題だ。だがこのたびはそれが大宇宙そのものにかかわっている――おそらくは、《調整者》が登場するにいたったのも、それゆえであろうよ。本来であれば《調整者》はよほどのことがなくば介入はせぬ――世界そのものがほろびてさえ、介入することはない。カナンがほろび、ノスフェラスが生まれたあの夜のようにな」

「カナンがほろび、ノスフェラスが……」

ヴァレリウスは叫んだ。

「それは……それはでは、大導師は……」

「それはわれのいまだ幼かりし昔のことであってみれば、この目でその光景は見てはおらぬが、その災厄の名残たるノスフェラスにすまいして、いくたび、幾百たび、その光景を訴える霊たち、魂たちと語り合ったかは知れぬし、そしてまた、その土地そのものがわれにあまりにも多くのことを告げ続けてきたのだよ」

アグリッパはいんいんとひびくふしぎな声でいった。そのまぶたが、何かを思い出すようにとじられた。

「そしてわれはいくたびも、それゆえに、夢のなかでその光景を体験した。そしていつしかに、さながらその光景をその場で見知っていたものであるほどにその光景に馴染むことになった。——さよう、その出来事は、このノスフェラスを作り、この惑星《ほし》にまったくあらたな植物相や動物相を作り出し、あまりにもさまざまなひずみと影響を与えたがゆえに、世界そのものが、あの出来事の以前と以後にきっぱりとわかたれるような気がするほどだ。——さよう、われはそののち、ノスフェラスにすまいをうつした。われのみならず、かなりあとになってからではあるが、より若い、ロカンドラスという魔道師もノスフェラスに吸い寄せられたようにそこに結界をかまえたし、実に多くの魔道師がノスフェラスをおのが結界のありかとしたのも、当然のことであった。あれほどに、われわれ魔道師の関心をひいた出来事はないでな。だがまた——同時に、それは、ノスフェラス——この場所が魔道師にとってきわめて特異なひとつの求心点である、ということも原因していた。ここにあっては、さまざまな時空のひずみ、ゆがみが集中しておるがために、きわめて魔道の能力が発達しやすい。——発揮しやすいし、またゆがんで発揮されることも多い。——ノスフェラスの外郭ははてしない砂漠に守られ、ラゴン、セムなどの、異様な人種のすまうところとして知られるようになったが、そこが無人の砂漠であったのは通常の人間たちのみのこと、じっさいにはここは魔道師たちにとっては、もっとも興味深い巡礼の聖地にも比すべきところであったよ」

「………」

「むろん、それぞれの魔道師の力に応じてしか、ノスフェラスの秘密を知ることは得なんだ。――だが、われはノスフェラスに長いことすまいして、さまざまな事象を見てくるうちに、この地のもついまひとつの特徴に気づくことになった。――それはすなわち……」

「それはすなわち……？」

「ノスフェラスは、生きている」

ゆっくりと、アグリッパの巨大なくちびるからはなたれたことば――

ヴァレリウスは、かすかにからだをふるわせた。

「生きている――ノスフェラスは、生きている……それは……どういう……申し訳ありません。老師のおおせになることばを……くみとることもできぬ木端魔道師で……」

「そのようにいちいち怯えてあとじさることはない。――われのいうたのは文字どおりの意味だ。ノスフェラスは死の砂漠ではない。そのなかで、すべては生きて活動している――そう、すべてがだ。ただ……眠っている。だがその眠りはいつかさめるだろう――それは現に、過去のあいだでも何回か醒めた。大きな地殻変動がおこり、そして――星船が飛び立った」

「ええッ」

絶叫したのは、ヴァレリウスだけではなかった。

イェライシャの口からも、うめくような叫びが洩れていた。

「なんと——なんといわれました？　星船が……飛び立った——？」

「そうだ」

アグリッパのことばには、しかし、いささかのよどみもなかった。

「星船は飛び立った。いくたびか——そうだ。おぬしらは、この惑星に飛来し、墜落した星船はただひとつだと思うていたのか？　ただひとつの星船で、大帝国カナンの広大な版図を全滅させせられるほど、それほどに巨大な星船はさすがに存在してはおらぬ。いくつかの種類の星船があった——これは、われの観相によれば、片方の軍が連合軍であり——いくつかの種族の文明が共同でひとつのもっとも巨大な、おそるべき敵にむかっていたからだ。——そして、その連合軍が破れた。だがさいごにいのちをかけて落とした巨大な敵の星船が爆発し——カナンを死の砂漠にかえた。……そして、同時にたくさんのより小さい星船がこのカナンの版図に墜落した。なかには大破してあたりに毒の空気をまきちらしたものもあったし、地中深く眠りについたものもあった——そしてまた、どこかの島に落ちてその島を謎めいた磁力をもつ島に変えたものもあった。だがいずれにせよ、その大破と滅亡の具合はそれぞれの星船によって異なっていた……そして、あるものは、眠りからさめて飛び立って——おのが故郷へと帰っていった。その故郷にかえりついた星船の生存者たちからおそらく——この惑星《ほし》にいまだ遭難者の末裔が生き残っており、それらがこの惑星《ほし》をわがものとして、いまだ文明のその時期にいたらざるこの惑星を支配し、強引に文明をおしすすめて科学の水準をひきあげ、星船を修理、あるいは生産しうる設備をととのえて、故郷にかえろうとしているという報告がなされたのだろう……」

「なっ……」

「むろん、われは……その宇宙戦争については、ただ観相によってしか知らぬ。われもまたこの文明に属する者、異なる科学のすべてを理解するには、わが魔力をもってさえ至らぬ。——だからこそ、われは魔道の限界を感じ、この結界にこもって観相をことにするようになったのだ。だが、それは——われの話はもはやどうでもよい。——ともあれ、われがキタイに見たものは——この、次元侵略の侵攻がはじまろうとしている、というそのあかしだった」

「おまち下さい」

ヴァレリウスはせきこんで叫んだ。

「次元侵略——とおっしゃいましたか。だが、その星船とは……それをもつ種族は……この世界の存在ではないのですか。次元、というものについては私は……私の知能では、ごくわずかな知識しか持てませんが、おっしゃっていることはなんとなくわかります……だが、私は……グラチウスも口にしていたその侵略とは、同じこの世界の——ことなる惑星の文明からなされたものだと思っていました。それでも充分に空想的すぎる話だと……だが、そうではないのですか？　それよりももっと……敵はさらにことなる世界、まったく異なる次元からきていると大導師は云われるのですか——？」

「そもそも」

大導師アグリッパの巨大な目の上に、ゆっくりと大きなまぶたがおおいかぶさってきて、その湖のように巨大な目を隠してしまった。だがいんいんとひびく声は、いよいよ脳をつらぬくかと思われた。

第二話　ノスフェラスの秘密

1

「そもそも、この世界とは……唯一の次元にはあらず、無数のかさなりあった世界が、無数の次元を形成しているものだ。──そしてまた、それぞれの世界に、無数の惑星があり、それにさまざまな段階での文明世界が存在している。──これらをすべて統合して考えれば、世界とはまことにおびただしいかぎりの数にのぼる」

「それは……それは……魔道学で多少習った概念ですが……実感はもてませんでしたが……」

ヴァレリウスは口ごもった。

「この私たちのすまう世界そのものが、この大宇宙にある無数の同じような世界のひとつにすぎず、たくさんの文明が夜空の星々ひとつひとつに存在しているやもしれぬ、ということを……魔道学できかされたときにも、まるで空想好きの吟遊詩人のサーガのような……としか思うことができませんでした。──その、たくさんの世界を内包している宇宙が……さらにまだたくさんあるといわれても……どうしても、それを理解することは私ごときには……」

「それは無理もない。だが、まあ、そのようなものだとして無理矢理になり理解しておくがよい。でないと、これからさきわれのいうことばがまったくそなたに意味をなさぬものになるだろう」

「は……はい……」

「ともあれこの世界はただ、大宇宙のなかにあってひとつの小石にしかすぎぬ。そしてわれらはその小石にのってすべてを知っているかのように思い上がっているあまりにも極小のほこりの粒だ。ほんのちょっと風が吹けば小石の上からふきとばされてしまう、あまりにもはかない存在だ。そして、この大宇宙には無数の他の小石が大小さまざまに存在しており——そのなかには、われらよりもずっと低い段階の文明に呻吟しているものもあれば、逆にわれらよりもはるかに高い科学文明の段階に到達しているものもある、これもまた自然のことわり」

「………」

「そして、その大小さまざまの世界をはらんだ銀河系がさらに巨大な宇宙の一部をなし、その巨大な宇宙はさらにさらに巨大な世界全体の一部をなし、そしてその巨大な世界全体はひとつの次元を形成する世界として、次元の海のなかに浮かんでいる——どのようにたとえてよいかどうかはわからぬが、まあかりそめにうかんでいるというておこう。われらの世界が島の浜にある小さな、無数の小石のひとつだとすれば、その島がいくつも集まってわれらのこの宇宙をかたちづくり――ひとつの惑星となり、その惑星がまたいくつも宇宙の海に浮かんでいる、その敷衍だと思えばよい」

「……………」

「わからぬか。わからぬなら、そのままにしておいたがいい。そして、この次元のひとつひとつはそれぞれによって非常に性格が違う。また、さらに複雑なことには、俗に多層世界と呼ばれるような……ウム、次元についての初歩の知識をもたぬ者にどう説明してよいかわからぬが――まあ、ともかく――たがいにかかわりあいをもち、干渉しあっている、場合によってはひとつの次元の複製のようにそっくりな進化をとげたものと、逆にまったくたがいに相渉らない、あまりにも異質な進化をとげたものとがある、というように考えておいたがよい。――そして、ある世界ではその世界の住人となって文化文明を進化させた主人公は、ほぼわれらのこの世界同様のすがたかたちを持っていたが、ある世界ではそうではなかった――そしてまた別の世界では、夢にだに似ても似つかぬすがたを持つものたちが主人公となっている。――頭が豹に似ていたり、竜に似ていたりするていどで、直立して二足歩行し、言語を解し、二本の腕をもつ種族などは、きわめて――極端にといっていいくらい、われわれ人間族に似通った進化をとげたのだと思っておくがいい」

「……………」

「観相が、というよりも知識や知性が上のレベルにのぼってゆくにしたがって、そのもっとも肝要となってくるのは異質なものを受入れる、ということだ。どこまで異質さを受入れることができるかによって、この世界、複雑に多重にかさなりあい、からみあった次元世界と、そのなかのひとつとして存在しているこの銀河世界の構造をどこまで受入れ、理解できるかがかわってくる。——おのれがどれほどとるにたらぬ存在かを知るためにも、どれほど異質な文化、世界がこの世界にはたくさん、あまりにも無数に存在しているかを知っておかねばならぬ」

「……………」

「そして——それらの無数の世界は、われらのこの世界と同じように生々流転し、栄枯盛衰をかさね、そして実にさまざまな展開と伸張と滅亡をくりかえして生きている。それはすべての生物の属する世界がそうなるとおりのただの大宇宙の法則にすぎぬ。——そして、なかには、きわめて巨大な力をもつようになってしまったあまりに、おのれの世界だけでは満ち足りぬ、という思いをもつようになるものもいる——それは、大宇宙をこえて自在に行き来することのできるレベルであろうと、それが馬でとなりの村へ行き来するのだろうと、船をかって大海原をゆきかうのであろうと同じことだ——力を得たと信じたものは次には、その力をふるって他を征服し、おのが領土をひろげてみたくなる。——そして、危機にひんしたものは、他の新世界を得て安定した、あらたな繁栄を得られる大地を求めてゆきたくなる——

——これも同じだ」

「……………」

「そのようにして、まったくわれらの中原の歴史と少しもことならぬ、栄枯盛衰と侵略と勝敗、滅亡とたたかいとの歴史が、大宇宙でも――また次元のあいだでもくりひろげられてきたのだ。そして、なかにひとつの――ひとつの世界があったと思うがよい」

「………」

「それはわれらの文明とはあまりにもくらべるべくもないまでに力をもち、高度な段階にたちいたり――自在に物質を宇宙間であろうと、惑星間であろうとこえて転送する装置を移動装置として開発し得た――それがすなわちカイサールの転送装置、パロにあっては古代機械として知られているものだ……それがまったく当然のようにいたるところにすえつけられ、まったく移動、というものに時間を要することのなくなった文明がかつてあった。――これがどういうことかわかるか、魔道師たち。――移動に時間を要しない、ということは、距離というものが意味をなさなくなるということだ。はるかな大宇宙の彼方であれ、ましてや一惑星の上であれば、どのような点と点をも、瞬時にして移動し、結ぶことを得る文明。――そのようなものが存在すれば、すべての文化の概念はかわる。それぞれの土地の名産や、そこでしか生まれ得ぬ文化というものはほとんど成立しなくなり、どのような場所にもまったく均質な文化がはびこることができるようになる。距離とは、時間という概念と密接に結びつくもの――距離が存在しなくなることにより、時間の概念もまた存在しなくなった。……いや、正確には、存在しなくなったわけではないが、ただ、我々にとってのような意味では、意味をなさなくなった。重要性を持たなくなったといってもよい。――時間と距離という、文明を既定する二つの概念が消えた文化、惑星——いや、やがてはその文明は、ひとつの惑星ではなく、惑星と惑星とのあいだ、銀河系と銀河系とのあいだを結ぶ、宇宙間テレポートをも可能にした。そして、それは当然のことながら、物質文明というものの最大の変質、変貌、変革のときであった」

「……」

「われら魔道師たちは魔道によってきわめて多くのことをなしうると信じてきたが、魔道はじっさいには時間をも距離をもまったく支配してはいない。ただ短縮しただけのことだ——短縮するのと、なくすのとは根本的に違う。どれほど力のある魔道師でも、《閉じた空間》を使って精神移動するにせよ、それは、同じ空間のなかを移動してゆくのだ。普通の人間が三十日かけて足で移動するところを、《閉じた空間》でのジャンプをかさねることによって三日、ひとによっては一日でさえ移動することが可能になる。だが、それでも一日はかかるのはどうすることもできぬ——それを一ザンに縮めたとしてさえ、同じことだ——次の瞬間にその場所にいる、空間移動の手段を使うことなく転送される、ということとは根源的に違う。……そしてまたその文化は、もうひとつの機構——なんというて説明したらよいのかうまく言えぬが……いうなれば、《生体と科学の一致》というものをその結果として持った文化だった」

「生体と——科学の——一致……」

「そうだ。それについては、のちほどに説明しよう。……いや、まことは実物を見てもらうのが一番よいかもしれぬのだが。……星船にはいくつかの種類があるとわれはいった。なかのひとつに、もっともわれの注意をひいたもの……それは、《生体宇宙船》だ。われはそう名付けた——それは、生きている宇宙船だ。宇宙船であるところの生命体だ。——それは、生身のままで宇宙空間をわたることのできる存在だ……同時にそれはカイサールの転送装置によって、どこでも思ったところで実体化する。細胞のひとつひとつが自意識——とかりにいうておこう、ほかにわれわれの文化では適切なことばがないでな——をもつことによって、細胞のひとつひとつの段階から、最大の集合体になった段階までが自在に変形し得、そして転送装置によってばらばらに転送されてもそのさきでふたたび統合されうる——そのような生物体が作り上げた文明。というか、その文明が到達した生命の極限——それが、なんといったらよかろう——それが、その歴史のなかではかれら自身がそう呼んでいるところの、《超越者》の文明だったのだ」

「《超越者》……」

「そうだ。それは、その圧倒的な文明のレベルの結果、あまたの宇宙戦争にたやすく勝利を得て、そして宇宙のみならず、次元の謎をも解明するを得た。いかなかれらとて、すべての謎を解明したとはいわぬが、少なくともそれをコントロールし、分析し、調整するだけの力をもつことになった。——だから、かれらはかれらをさしてこう呼んだ——《超越者》と。……その強大な力をもって、かれらは宇宙に君臨し——おのれらの信じる正義……いや、正義というのは正しくない——大宇宙の黄金律、あるべきすがたによって、宇宙を調整することを役割と心得るようになった……そして、この《超越者》のうち、最高位のものがさらにこの大宇宙の《調整者》としての役割をもつこととなって、かれらの文明をはなれた――かれらは、おのれの種族に属するという喜びを捨てることにより、この大宇宙でもっとも高度な存在として独立することになった……そして、かれらはさらに、無数の文明のうちからかれらのとてつもない高度なレベルに達したとみなしたものをさらにピックアップし、独自の《調整者》集団を形成して宇宙の黄金律の調整の任務をひきうけることを志向した――」

「導師！」

ヴァレリウスはほとんど無意識のうちに叫ぶように口をひらいていた。

「それは……神々のことではないのですか。神々とその《調整者》とはどう違うのですか……神々がもしも全能でないのであったら、われわれは……その《調整者》は神々よりもさえ、全能だということですか！」

「神々か」

アグリッパはゆっくりとまた目をあいた。そして興味深いものをみるようにヴァレリウスの小さなすがたを見つめた。

「神々はいうなれば――我々の世界における神々というのは、この世界にしか属しておらぬ存在であり、ほとんどがまあ――このわれに似たような存在にすぎぬとわれは思うよ。だが、むろん、われが神であるとはいわぬ。われはまだいまなおひとの子の心を残している。だが、神々は――少なくともこの世界における神々は、土地神であり――途中からやってきたものにせよ、他の世界においてはごくふつうの人間——その世界にとってのだな——であったような存在にすぎぬ。古来、何回もこの世界には侵略や、またもっと平和的な意図における異世界の文明の侵入があり、そしてそれがこの世界に大きな影響をおよぼした。神々とは、つまるところ、我々が神々と呼んでいるものも大多数は、まことの全能者、ということではなく——土地神、非常な力をもつようになった伝説的な存在、人間のレベルをこえてしまった個人、そしてそのはるか昔の外来者のなれのはてにすぎぬ。それを信仰するひとの子たちのレベルにおいては、超越者であり、全能者であるにしたところでな。われは知っている——ヤーンは観相者としては確かにきわめて高いレベルに達した神だろうが、しかしそのヤーンにいったい何ができる？　彼にできるのは、ただこの世界を黙って見つめていることだけだ……ヤヌスにせよヤーンにせよ、どこまでが実在であり、またどこからがひとの子たちの信仰そのものがかれらに生をあたえ、存在させたものなのか、まことに太古にはかれらが種族の一員として生きていたのか——われはむろんその答えは知っているが、このようなところで、そのすべてをこなたに話してやるわけにもゆかぬでな。……さよう、《調整者》は神ではなかった。だが、ある意味では神よりももっと上の存在だった、とわれは考えている。神はこの世界に属している——《調整者》は最終的には、この大宇宙そのものにも属さなくなった。むろんもっと高い段階では、なんらかの秩序に属しているのは間違いない。だがそれはわれの程度では理解できるような秩序ではない。——次元そのものの混乱を調整するというような意識をもつ段階にたちいたった存在を、あまりにも下位の生命体であるわれわれ人間族がおしはかることは無駄であるばかりか、かえって危険だよ。――その点においては、おぬしもわれも少しもかわるところのない、ただの人間にしかすぎないのだよ」

「……」

「そう、だが、こうして語っているとわれも日頃ひとと話をかわすことなどないがゆえに、ついついあまりにも性急にすべてを理解させたいと思うようになってしまう。だがお前はあまり時間がないというた……本題に戻ることにしよう。お前が知りたい、もっとも知りたいことについて要点を語ってやることにしよう。……そう、お前が知りたいのは結局のところノスフェラスの秘密と――それにまつわる、あの竜頭人身の種族の秘密だ、そうなのだろう？　魔道師よ」

「そ……そうです……たぶん――」

「かの竜頭人身の種族は、もうわかるであろうように、かの宇宙大戦の折に、破れてこの地上に遭難した星船のひとつの生存者の末裔《すえ》だ」

ゆっくりとときかせるように、アグリッパはいった。

「それはわれがさきにいった《生体宇宙船》を作り上げるにいたった最も高度なる生命体すなわち《超越者》のことではない。かれらはもっとずっと低い――むしろわれら人間のレベルからさほど遠からぬ種族に属している。正確にいえばそれはもともとほかの次元の生物でさえない。もとはこの次元の、この世界の生物たちだ。――だが、これに関しては調整者はあやまちをおかした、そうわれは思う。この竜頭人身の種族は、もともとは精神を発達させその力によって文化を維持してゆく、精神文明のほうへむかって進化しようとしていた。どのような文明もそれが文明として誕生し、確立し、伸長してゆくある時点で必ずその文明の根本的な方向性を、物質文明のほうへか、精神文明のほうへか――科学文明にむかうか、そうでないか、選ばねばならぬ、そして選びそこねた文明はいずれは衰亡してゆく。――竜頭人身族はもとより精神文明を重んじ、魔道の方向に自らの文化を発達させようとしてきた種族だった。だが、この文明が、非常に巨大な危機に瀕して、その世界ごと滅亡に瀕していたとき、調整者たちは、かれらを救うために――別の、きわめて科学的な文明を発達させた文化と接触させた。だが、その文化は竜頭人身族をかえって堕落させた――そして竜頭人身族は、科学をとりこみ、精神文明にとってもっとも大きなものである、精神の純化の能力を忘れた。――長い、長い時間がかかったのだがな。そして、その世界の危機を脱するのに、かれらは科学と合体したきわめて邪悪な魔道というべきものを発達させることになった。そしてかれらの一部は、危機からのがれて、科学によって次元をこえ、異なる次元にかれらのあらたな世界を見付けようとした」

「………」

「そして長い時間がたち、宇宙大戦というべき巨大な戦争がおこったとき、かれら竜頭人身族はその、かつて調整者たちが接触させた邪悪な科学的な種族とともに、片方の陣営にくみした――その科学的な種族のほうには逆に、竜頭人身族のもつ精神の力が興味深かった。邪悪な合体がおこなわれ、邪悪な種族の科学と、竜頭人身族の精神文明とが融合した……そしてかれらは、この世界の最高度の文明であり支配者であるところの《超越者》たちに対して叛意を抱くようになった……そのようなものがほかの種族にも多かったために、宇宙大戦は、最終的には、《超越者》たちに対する、下位の文明世界の連合軍の反乱になっていったと考えればよい」

「………」

「そして大戦は長い、長いあいだ、宇宙とそして最終的には次元とをもまたがるかたちで続けられ、次々と転戦されていった。さまざまにかたちをかえ、あちこちの世界でまったく違うかっこうでおこっても最終的には、正しい道筋にそったものは必ずこの、《超越者》対世界、という戦いの本筋になんらかのかたちでゆきつくことになった。そして世界をまきこんでいる長いたたかいの本質を知り――そしてそれぞれのたたかいにまきこまれていった。いうなればそれは、存在が到達しうるもっとも高いレベルに達した《超越者》たちと、たとえどれほど低いレベルであっても、より高次の存在によって調整され、統制され、支配されるのはイヤだ、と考える未開の種族、下位の種族たちのたたかいだったといっていい。――《超越者》たちはわれわれの世界で支配者、征服者がするように世界を支配し、征服しようとしたわけではない。そんなことをするにはかれらの知性はあまりに高すぎたし、あまりにもかれらの文化のレベルは我々のものとは異質すぎた――だがたぶん、その異質さが、本当の衝突の原因だったのだ。……科学の究極と合体したといっていいかれらを、すべての下位の文明は理解し得なかった。たぶん《超越者》にせよ、かれらはすでにあらゆる意味で《人

間》の域を超えてしまっていたから、人間の心はもはや理解しえなかったのだろう」

「……」

「そして、巨大な生体宇宙船にまるでアリがむらがるようにしてたくさんの星船がむらがる、というかたちの宇宙戦争があちこちでおこり——そしてまた、もともとそれぞれに動機の違う、しかもきわめてさまざまな種族だったから、連合軍のなかでもいずれたくさんの内戦、内乱、内輪もめが頻発していった。長い長い時間をへてゆくうち、最終的にはその宇宙戦争は何がなんだか誰にもわからぬほどの大混戦状態におちいっていった。——そのひとつが、このわれわれの世界を襲ったあの災厄、カナンの災厄だったのだ」

「……」

「あれは《超越者》の生体宇宙船と、そしてそれに敵対するいくつかの文明の星船によるたたかいだった。——そしてカナンはほろび、ノスフェラスが生じた。そのころまだわれわれの文化は、かれらからみたらあまりにも低い、低すぎる段階にあった——われらの文化など、そうして宇宙でたたかいをくりひろげている高度の文明社会からみたら、あまりにも低すぎて、灰色猿にさえ比べられぬ、それこそイド同然のしろものであったはずだ。……それでも、すでにわれわれの社会もそれなりの文明は持ってはいたのだが。——そして小さい星船はあちこちに落ちてあちこちにさまざまな痕跡や遺跡や影響を残した……そして、生体宇宙船は、この《グル・ヌー》に……」

「……」

「そう、それが《グル・ヌー》だった——むろん生体宇宙船だけではなく、ほかの星船も落ちた。そのなかの東に近いほうに、竜頭人身族の船も何隻か落ちた。そして、そのうちのいくつかはなんとか修理してふるさとにむかって飛び立ち——あるものはそこで死に絶え、あるものは——人工冬眠に希望をたくして未来にこの惑星の技術が進んで、故郷にかえれるようになることを夢見て眠りにつき——そして目覚めた」

「…………」

「それはヤンダル・ゾッグ当人ではなく——ヤンダル・ゾッグの何代か前の親の代のことだとわれわれは考えている。……ヤンダル・ゾッグ自身はもはや純粋なその竜頭人身族ではない。彼には実際はかなりこの惑星の血がまざりこんでいる——彼のひきいる竜頭人身族にもだ。われわれの知るかぎりでは……もともとのかれらの種族はもっと、なんというのだろう——人間から遠い。より竜にちかく、より人間ばなれしている。だがヤンダル・ゾッグは——かなりにおいて人間だ。たぶん何代かにわたってひそかな混血がおこなわれ、かれらのまったく独自のおそるべき文化が形成されたのだ。かれら竜頭人身族のもともとの文明に、われらの文明の段階が融合合体した……だが、伝承はまざまざと残っており、そしてヤンダル・ゾッグの代にいたって、かれらは活動をはじめた——ほろびに瀕していたはずのふるさとを求め、もしほろびに瀕しているのならばそれを救い、あらたな天地をこのわれらの世界にさだめ——もしもそのふるさとがよみがえってあらたな文明を築き上げているのなら、この世界をかれら、ここにおきざりにされた孤児たち自身の世界にしてふるさとの橋頭堡とするために」

「そんな……」

「われが、キタイに観相の目をむけて得たものはそのような結論だった。むろん、これはすべて、いまきわめて短い時間、そなたにうながされてわしがおこなった短い観相によるものだ。だから、なかには、われにいまだ見えておらぬものもあろう。だが、ノスフェラスに関するかぎりは——われは長い、長いあいだノスフェラスと、そしてカナンについてはもっともよく、その観相をむけてきたからな。それが意味するものについては、おそらく地上の誰よりもよう心得ているはずだ。先頃すでに入寂したロカンドラスを除いては、だがな」

「でも……それでは……」

ヴァレリウスは、いったい何をどう口にしていいのか、迷いながら口をひらいた。

「それでは……キタイの竜王は……宇宙からやってきた種族の生き残り、末裔であるということはもはや確かだとして……彼は、中原を——征服して、かれらのその——もともとの世界に変貌させようとしている……そのために、その《超越者》の残した技術を必要としている、ということなのでしょうか……？　そして、かれらがその目的としているのが、パロのあの——古代機械で……それを用いればかれらは……」

「もともと、竜頭人身族は精神文明すなわち魔道側の種族であり、科学文明ではなかった。それが、いまひとつの文明との接触によっていわば疑似科学とでもいうものを身につけ、段階的なうらづけを得ないで宇宙航行をおこなうことになった」

アグリッパはいった。

「そのいまひとつの文明の種族は、ノスフェラスの試練のさいにすべて死に絶えてしまった——ましてそののちに長い時間を経て、すでにかなりこの地の人間に同化しつつある竜頭族には、まったくかれらがかつて持っていた科学文明の段階をとりもどす方法がない。だがただひとつ、方法がある——それが、この地にひとつだけ残されたカイサールの転送装置であったわけだ」

2

「それが――古代機械なのですか。でもどうして……」

「カイサールの転送装置は宇宙間・次元間瞬間移動を可能にする。――それによって、かれらは――ヤンダル・ゾッグたちのことだが――ともかく故郷に尖兵を送り込み、そこにその文明が復活していれば、それを使ってこの世界とかの世界とのあいだに回廊を開きたいのだ。宇宙をわたることとは、かろうじていまこの地に残されている星船を直せばできても、次元をわたることはできぬのだよ、いかなるこの次元の星船にも。それは、《超越者》にしかできぬことなのだ」

「《超越者》の星船というのは、それは……」

「だから、それが――われのいったことだ。『ノスフェラスは、生きている』という」

アグリッパは謎めいた笑いをうかべ、それ以上は云わなかった。

「では……ことのついでにおきかせ下さい。このようなさわぎがおこっているのになぜ――その《調整者》は……介入してこないのです。……その《超越者》の星船がこの地で遭難してさえ――もともと、《調整者》は《超越者》の部族なのでしたね？　だのになぜ、その同胞を助けるために介入はしなかったのですか？」

「そなたは、思い違いをしているよ。魔道師」

アグリッパはおだやかにいった。

「《調整者》は、確かにその母体となっているのは、最高度の知性の進化の究極に達した《超越者》の種族ではあったが、いまはまったくそれとはかかわりのない存在だ。という——そうした、おのれの種族であるから救うとか——おのれの種族ではないから放置するとか、そういうレベルの感情はすべて、《調整者》には存在しないらしい。《超越者》は神にひとしい能力をもっていても神ではないが、《調整者》はすでに神をさえ超越している——そして、それが関心をもつのは、大宇宙の黄金律の調整、ただそれだけだ。……そしてその成員はどうやら、もはや《超越者》だけではないらしい……それについては、われでさえ、それほどよく知っているわけではない。なにしろ、この宇宙をも、次元をもこえた存在なのだから……われのような、ひとつの世界に属してしまっているということそのものが、かれらからみれば、まったく巨大な限界に縛られて観相の初歩にとどまっているということでしかないのだろう。……だが、その存在を知ることがゆるされる程度には、われも修業をつんだ。——それだけでも、たいへんなことだ。知れば知るほどに、《調整者》は遠い。——それと、《超越者》の種族とはまったく違うものだと考えたほうがいい」

「では——では……」

ヴァレリウスはまた、せきこんだ。

「《調整者》が――キタイの竜王の野望をさまたげにあらわれ、介入してくれる、というようなことは可能性はまったくないのでしょうか？　《調整者》はこの世界をも、たえず見守っているのでしょうか？」

「やはり、こなたには、多少理解できがたい概念のようだな」

アグリッパはいくぶん気の毒そうに、いくぶん興醒めたように云った。

「《調整者》は、そのようなうつつの、あまりにもささやかな興亡には決して介入することはないのだよ。それが介入してくるのは、大宇宙の運命そのものがねじ枉げられ、変えられようとする、そのような場合でしかない。それさえも、《調整者》は、決してどちらかのために力をかすわけではない――調整するのみだ。だがこれもわれにはわからぬ。《調整者》のことはわれにはあまりにも巨大すぎてわからぬというただろう。われは――われにとても野望はないわけではない。いつの日か、かれらに認められ――この世界、とてつもなく小さく、とてつもなく立ち後れたこの世界から、《調整者》の仲間に加えられてすべての観相を得る、そのようなとてつもない野望をもたぬわけではない。だがそのためにはあと何千年もの年月が必要とされるだろう。――そう、そして《超越者》はとてつもない力をそなえ、とてつもないレベルにまで到達しはしたが、つまるところひとつのきわめて高次の文明世界にしかすぎぬ。《超越者》と《調整者》は根本的に異なる存在なのだ。わかるか、魔道師」

「とうてい――わかった、とおこたえしたら嘘になると思います……」

ヴァレリウスは必死にくいさがった。

「しかし、なんとかしてわかりたいと思っています。……では、大導師、私たちは——中原のはかない人間たちは、キタイの王ヤンダル・ゾッグの思いのままにあやつられ、動かされ、ほろびてゆくしかないのでしょうか？　それもまた、力が足りなければしかたのない、それだけのことだとおおせになりますか？　ひとのわざはすべてむなしく、ただ力のあるものだけが勝利するのだと——それは当然のことかもしれません。何を甘えたことをいっているのかとおおせになるかもしれません——だが、わが主君アルド・ナリスは……そのカイサールの古代機械がただいまの主と選んだただひとりの存在です。——それをその竜頭人身族にわたすことは……《超越者》はゆるすのでしょうか？」

「許すも、許さぬもあるまい。——かれらにとっては、すでに遠い昔にこの惑星《ほし》にうちすてしまった一隻の星船の名残にしかすぎぬ」

アグリッパはいくぶん困惑したようにこたえた。

「何をわれに期待している、魔道師——われにどうしてほしいのだ。われは地上のことわり、人々の興亡にはもはやいちいち関心はもたぬ、とあらかじめ断ってあるぞ——おぬしが持込んできたのはそのていどのものか？　いま少し、興味深いものがなにか、おぬしの中にあるような気がしたゆえにこの結界に入れたが、それはわれの思い違いであったのか？　何度もいうているだろう——この世界もまた、ただの時の支配にしたがって興亡をくりかえす平凡な小石にすぎぬ、と。——ノスフェラスの運命はきわめて興味深い。だがそれは、より巨大な観相につながってゆくがゆえにこそだ。だが、中原のおろかな小部族の興亡など……」

「ならば問う、大導師アグリッパ」

口をひらいたのは、イェライシャであった。

「私は導師の半分のよわいももたぬ、いまだはなたれの身にすぎませぬが——ならば、大導師は——いかがお考えになる。ケイロニアに誕生せし豹頭王グインのことを。彼もまた、私の考え、おこがましくも私の観相では、より巨大なるノスフェラスの謎につながるおおいなるしるしのひとつかと。——グインについてのお考えやいかに？　竜頭人身族に対するに、豹頭人身族の惑星が存在するはおそらく確かながら、そこからただ一人この地上にあらわれたる豹頭王グインは……すべての魔道師がある夜巨大な彗星がこの地に吸い込まれるのを予感した。そしてグインがあらわれた——これについては、大導師はすでになんらかの考察をおもちの筈と心得るが……」

「それはむろん」

アグリッパはいったん失いかけた関心をまた取り戻したように、巨大な唇の両端をあげてにっと笑った。

「ケイロニアの豹頭王グインについては、かねてよりわれわれの観相の範囲に入っていた。あれだけの巨大なエネルギー流がこの地上で動いたのは近来になきこと。それに比すればさいぜん観相したキタイの竜王なるもののエネルギーは、その半分にさえあたらぬ」

「ええッ」

ヴァレリウスは目を丸くした。

「そ……そうなのですか？」

「その上に、それだけではない」

アグリッパはヴァレリウスのことばなどきこえなかったかのようにつづけた。

「実に数々の徴候がかの豹人には集中している。それはおそらくイェライイシャどのも観相されたことだろうが……」

「それはもう」

イェライイシャが嬉しそうにいった。

「私はこのところずっと――かの豹頭王に心奪われ、もっとも興味の中心として参ったもので……これほどに興味深き対象はもう、これまで、こののちともにあらわれるを得ぬであろうと」

「確かにな。ことに興味深いのは、かの王のエネルギーのありかた。――こなたは、気づかないのだろうがあの王のエネルギー総量は通常の人間、いや、通常の一個の存在の持ち得るものをとくに超えているぞ、若き魔道師よ」

「それは……不覚にして……」

ヴァレリウスはいささか口惜しそうに口ごもった。

「私は……かつてケイロニアにあらわれたばかりの、いまだ百竜長にしかすぎなかったグイン王と面会し、ことばをもかわしたのですが……それほどのエネルギー容量であったとは、それを感じ取れぬとはまことにもって、私も……」

「なに、そのように、自己卑下することはない、ヴァレリウス」

ヴァレリウスが恥じ入ったのをみて、おだやかにイェライシャがとりなした。

「彼が百竜長であったころというのなら、おそらくそれはあまり不思議とはいえぬさ。彼の最大の不思議は——その、エネルギー容量の奇妙な変化のしかたにあるのでね」

「エネルギー容量の——奇妙な……変化？」

「さよう」

イェライシャは眼下のアグリッパの巨大な顔を見下ろした。

「これは大導師の御賛同も得られるだろうと思うが——かの王は、つねにその巨大なエネルギー総量が一定しているというわけでは必ずしもない。これが、まったくほかの存在と根本的に異なっているところなのだが——かの王は、たえず——ウム、たえずエネルギーが増加しつづけている、というわけでもない。時としてぐんと減少していることもある——だが時として、まるで超新星が誕生したのか、と思うほどのエネルギー流を内在することもある。だがそれほどのエネルギー流がたえず地上に存在していたらとうてい、それは地上に存在するだけで巨大な影響を与えずにはおかれぬところ——また事実、与えてもいるのだが……」

「彼は進化する」

厳かにアグリッパがいった。ヴァレリウスはまた目を丸くした。

「彼は——進化……する……？」

「さよう、彼の種族については、知らぬわけではない。だが、その彼の種族とも、彼は遊離した存在だ。彼のようなものはほかにはおらぬはず――彼はたえず、進化し、変化し――突然変異する。そしてまた――彼自身は、おのれの所持している能力について、まったく心得ておらぬ」

「そう、だが、突然、その能力はひきだされる。それも彼自身によってではなく、まるで、い、い、い、いいいいいいい、彼がなにものかの器であるかのように」

「そ、それは……」

「彼はかの宇宙大戦とかなり密接なかかわりがある、とわれは考えている。イェライイシャ」

アグリッパが、さいぜんヴァレリウスと話をしているときよりも、かなりくつろいだ表情になって、云った。もっとも、だいぶん二人のほうも馴れてきたとはいえ、相変わらず巨大な山河と会話を直接かわしているようなものであったから、くつろいだといったところで、相手のほうはとても落ち着くわけでもなかったが。

「むろんあの当時の生存者であったり、あるいは関係者であるというのではない。それは三千年の昔のことだ。――それは彼もあずかり知らぬことであろう。だが、われの観相によれば、彼は――おそらく《調整者》に、最低でも《超越者》には密接に関係している。なんとなれば……」

「彼が中原に登場したのは、パロの誇るこの世界唯一のものではない、別の古代機械――カイサールの転送装置によって、と考えられるからですね、大導師」

イェライイシャはゆっくりと云った。アグリッパはまばたきした。それが、うなづくかわりであるらしかった。

「そうだ。だがこの地上にはカイサールの転送装置はひとつしかないし、それが動けばわれにはエネルギー流が感知できる。ほかには一切ありえぬエネルギーの動きであるからな。ということは、彼は——外宇宙からきた存在であるか——あるいは、外宇宙から、《超越者》によって送り込まれた、この世界の人間——おそらくは改造された人間にほかならぬ」

「改造——された……人間……？」

ヴァレリウスはどもった。

「では、あの……豹頭王の豹頭は……」

「いや、それはわからぬよ、ヴァレリウス。じゃから大導師のおっしゃるとおり、この大宇宙には、竜頭人身の種族の世界があるのだから、豹頭人身の種族の世界だって当然ないわけではない。だが、大導師のいわれるのはそういうことではなく——もともとグイン王がどこの世界で生を享け、どこの種族に属していたかではなくて——そののちに、どのようにピックアップされ——そして利用されているか、あるいは使命を与えられて存在しているか、ということだと思う」

「そのとおりだ」

ゆっくりとアグリッパがいった。

「われにはあるていど、彼のよってきたるところもわかるつもりだが——それについてはこなたたちに語ったところで埒もない。——が、いずれにせよ彼はもともとてつもない能力を持っていたのは確かなことだろう。それゆえに、何者かが――《調整者》か、それとも《超越者》か――あるいは、それにひとしい文明をもち、物質転送の可能な――だけではなく、人間の生体をそのままの状態でどんどん進化させてゆく、というようなとてつもない高度な変換のできる存在が、彼をピックアップし、そして利用し、ルードの森に送り込んだのだ。あの夜、激しいエネルギー流の変化があった――それ以来、かの王はつねにこの世界のひとつのエネルギーの渦巻きの中心点となっている。それには、いかなわれといえど注意をひかれずにはおられぬ。――それゆえ、われは一応、彼にはつねに観相の一端を向けていたのだ」

「それでは――彼は、彼のあの豹頭は、豹頭人身の種族だからであって……魔道によって豹頭に変身させられた人間とか……仮面であるとか、そういうわけではないのでしょうか？」

ヴァレリウスはまた口ごもった。

「それはわからぬさ、若き魔道師よ。豹頭人身の種族はないわけではないし、しかもこの大宇宙のみならず他の次元までも考えたらたぶん同様の世界は一つではないかもしれぬ。そこまで、われとても豹頭王グインのみに観相をむけ、その背景を追求するいわれはない。それよりもわれに関心あるのは、なにものが彼を転送によってルードの森に送り込んだのか――そしていったいどのような使命を与え、それによってこの世界にどのような影響を与えようとしているか、でしかない。それを見てゆけばおのずと、その背後にいるものの意図も、なにものであるかもわかろうというもの。――なんとそうであろう、イェライシャ」

「そのとおりです。——が、おそらく、アグリッパ大導師は、彼と——かの《生体宇宙船》のかかわりとについて、かなり深い考察は、なしておられるかと——？」

「しておらぬ、とは申さぬが……」

アグリッパが珍しく、かすかに口もとを緩めて、笑った。

山々が揺れるように、大地がふるえ、空気がゆらめいた——それがアグリッパの笑いであった。

「それについては、この者の前でいったところではじまるまい……それに、むしろ、この者にとっては害毒になるかもしれぬ」

「ああ、ああ。それはそうかもしれませぬな」

「どうしてです」

ヴァレリウスは、おのれがおそらくはその未熟と力の足りなさゆえにこの老怪物二人の会話からはじき出されていることを悟った。やむを得ぬ、とは思いつつも、彼は不満の声をあげた。

「なぜ害毒になるのか、お教え下さりさえすれば……」

「知らぬほうがよいことは、知らぬことだ。若き魔道師よ」

アグリッパはだが、冷やかとはいわぬまでも、あまり関心のない、もとの口調に戻っていた。

「だが、なにゆえにおぬしらは豹頭王グインの名を出した？　おぬしがここにきた理由は、われを動かしてキタイの竜王とのおぬしのたたかいに味方せよ、と慫慂するためであろう。そして、われと会って、そののぞみはついえたこともまたわかっている。――ならば、なにゆえに、おぬしはなおもわれを動かそうとするのだ？」

「それは……それは……私がまだ……すべての望みを失ったわけではないからです」

ヴァレリウスはためらい、口重く云った。

「どうか、いちるの望みでもあるものならば……私には、いまの私には、キタイの竜王の素性を知ったところで、その野望の正体を知ったところで、何の助けにもなりません。――私たちは追い詰められ、なすすべもなくキタイの竜王の思いのままにされようとしている。われわれ人間たち、パロの勇者たち、魔道師ギルドの総力をあわせても何ひとつ力にならない。――私はどうしたらいいのか……なんとかして、お力を借りられなければ、私たちはこのまま、ヤンダルのなすがままになってゆくしか……」

「……………」

重々しい沈黙が漂った。それは何よりも雄弁な答えであった。この世の栄枯盛衰、興亡と、そして人々のうつろいやすい生も死も、もはやこのとてつもない年月を経た大魔道師の心を動かすものではありえないのだ、という。

「お願いです」

無駄と知りつつ、ヴァレリウスは哀願した。

「大導師のその巨大なお力の一端なりと、お貸しいただくことはできないのでしょうか。――

――もしもお望みのことがあればなんでもします――などといったところで、私の耳にさえそれはあまりにもむなしくひびきますが――でも、私はこのままかえるわけにはゆきません。このまま戻れば――わかったのは、ゴーラの王イシュトヴァーンがゴーラ王につき、そしてわがあるじをそそのかしてパロ聖王に反乱させたのもまた、あまりにも奥深いヤンダルのたくらみでしかなかったということだけ――それでは、私たちには道は〈闇の司祭〉グラチウスに力をかりて、黒魔道の闇に支配されるか、それともヤンダルの東方の狂気に屈するか、二つにひとつしかないのでしょうか？　私は……私はそのどちらも……どちらも選ぶことはできないし、あるじにそれを選ばせることはできないのです……」

「それは、われのかかわることではない」

アグリッパの声は相変わらず、まったく変わらなかった。

「それについては、われに何を求めようと無駄だとは、さきにことわってある。それを何回もくりかえさせることそのものが、何よりも重要なるわれの観相の時間をさまたげる。――ほかにいうことがなければ、結界をあけるゆえ、もといた世界に戻るがいい。こなたにはやはり、そのほうがふさわしいかもしれぬぞ」

「それは、むろん……私にはそれしかないことも――あまりにもご寛大なuなされように私が甘えているのだということもよくわかっておりますが……」

ヴァレリウスはもどかしさに半泣きになった。どういえば相手が動くのか、何か急所があるはずだ、と考えつつもわからぬ。そのもどかしさが彼を襲っていた。

「大導師！」

「大導師」

ゆるやかに、気の毒そうにこのようすを眺めていたイェライイシャが口をひらいた。

「この若者と大導師とでは、所詮あまりにも、持った観相のヴィジョンが違いすぎ、同じことばを語ることはできますまい。――というて、私にしたところで、私にとって最大の敵たる〈闇の司祭〉がすでにかかわりをもっているこのことがらに、首をつっこむのはおおいに願い下げにしたいもの。――だが、大導師、この若者の必死だけは、私には感じられなくもない。むろん、それにいちいち応えていては、大宇宙の観相の大事がならぬと思われる大導師のお心もわからぬではないが……」

イェライイシャはゆっくりとことばをさがした。

「それゆえ私はべつだん、この者のために取り持ってやろうというわけではない。ただ、これは私の興味のためにうかがうというたほうがよろしいが――

なんと、大導師アグリッパどの。もしも、豹頭王グインが、《調整者》なり《超越者》なり、より高い存在から、キタイ王ヤンダル・ゾッグ、すなわちかれらにとってはかつての紊乱者にほかならぬ種族の後継がひとつの惑星で思うがままの暴挙に出て、そこの惑星の文化と歴史を破壊することをふせぐためにさしむけられてきた――《調整者》の《道具》であったとしたら、大導師はいかがなさる」

「……………」

きわめて――

意外なことをいわれでもしたかのように、アグリッパはしばしのあいだ、黙り込んでいた。その唇の渓谷がゆるやかに上下した――それから、ようやくアグリッパはその巨大な口をかすかにつりあげた。

「なるほど」

アグリッパはイェライシャの悪知恵をたたえるかのように笑った。

「さすが《ドールに追われる男》、なかなかに知恵のまわることだ」

「そのようなわけではありませぬが……」

「われは、もとより、このような観相者としての状態にいくひさしく甘んじていること、何もこの世界、ましてやせまい中原の事情に介入はせぬことを信条としておったが――われがもつ最大の関心がいままでは《調整者》にかかわるものであることを――われが《調整者》につながる糸ときざしとをすべてもっとも関心をもって眺めているということを、よう、見分けてそこをついたな。イェライシャ」

「いや、ついたというわけでもありませぬが……」

イェライシャは白いひげを揺らせてかすかに笑った。

「これなる若者があわれというよりは……これはむしろ、豹頭王への私個人の興味のゆえ。――豹頭王はこののちいかがな運命をたどるのか？　いまの段階ではまだ、星辰は満ちておらず、いままだ豹頭王がケイロニアをひきい、それ以外の――ゴーラとパロとを征服しつくしたヤンダル・ゾッグと激突する、というような卦はとうてい、いかなる予知にも星占いにもあらわれてはおらぬのではないかと存ずるものなのでありますがねえ」

「………」

また――

何かを見極めるように、アグリッパの巨大な目がとじた。

それが、ふたたび開いたとき、その目のなかには何か、これまでとは微妙に違う光があった。

「なるほど」

大導師アグリッパは重々しく云った。

「まさにそれは、われにとりてもこの事象にかかわる理由とはなるやもしれぬな。《ドールに追われる男》どの」

3
「ええッ——」

ヴァレリウスは、まるで、まったく無理かとあきらめかけていた、あの結界を開いて中にいれてやる、といわれたときと同様に、瞬間、何をいわれているかわからぬかのようにぽかんとした。

「で、では――」

「誤解して、ぬかよろこびをするではない。若きパロの魔道師よ」

超然たる声が巨大な唇からもれた。

「われは、《ドールに追われる男》に口説き落とされたわけでもないし、そのほうに力をかしてやろう、とこのように考えをかえたわけでもない。――そのような地上のいとなみに出現するには、もはやわれが地上を去ってあまりにも長い時が流れた、とさいぜんにもいうたであろう。――もはや、われはノスフェラスにさえとどまりがたくなったこのような存在だ。……だからこそ、このようにしておのれの次元のみを作り上げ、そこに観相をこととしてたてこもっていく百年もの年月をおとなうものとてもなくすごしている」

「そ、それは……むろん……」

「ひとつには……これほどに、巨大なエネルギーを持つようになってしまった魔道師というものは、もはや、純粋の意味ではひとの子とは言えぬのだ。ヤーンのしろしめす、ヤヌスの作りたまいし子たるひとの子とはな。なれば、われのような存在が地上に干渉すれば、それはかえって地上におおいなる混乱をひきおこし、ついには世界全体の崩壊にさえつながらぬとも限らぬ。それほど巨大になったとはいえ、われはだが神ではない。それゆえ、その巨大なる力を誤った方向に使わぬとは断言できぬ。だからこそ、われはすべてのひとの子とのかかわりを避けてここで長い長いあいだこうしている。——だが、そのわれからみても、われに匹敵する、いな、われに数倍する——というよりも底知れぬエネルギーを秘めた存在であるところの豹頭王グイン、そのグインはしかしわれが統御しかねてこうしてこのような結界に籠っている数倍のエネルギーを持っているにもかかわらず、平然として地上にあり、そして地上のひとの子とまじわり、たたかい、この世の運命に干渉している。——むろん魔道師ではないゆえ、魔道師の持つ、いや持たざるを得ぬ制約を知らぬだけのことだと言えなくもない。だが、もしもまことにただ知らぬだけであったら、かならずやいずくかの魔道師が彼を利用し、その巨大なエネルギーはなんらかのかたちでこの地上をおおいつくす黒か白かの魔道の体系のなかに組込まれてゆくことになろう。魔道の究極とは、要するにこの世界に存在するエネルギーを利用する方法にほかならぬからだ」

「……」

「だが、グイン——彼はこれまでのところ、どこからどのように見ようともまったく魔道師たる資質を示したことも、そのような修練をしたというようすをみせたこともないにもかかわらず、その通常ならばおのれでコントロールすることを得ぬほどの巨大なエネルギーを苦もなくコントロールし得ている。彼ほどの巨大なエネルギーが地上に存在していることは、本来ならば当然、コントロールが完璧でなければ地上に大きな影響を与えずにはおかぬはずだが、彼はそれをきちんとまるで魔道師のように日頃はおさめ、そして必要なときには必要なだけのとてつもない量のそれを放出するというわざを身につけている——そうとしか思われぬ。また、彼に近づいたどのような魔道師も彼をうまく利用したり、おのがエネルギー源になし得たということはかつてわれは見たことがない。〈闇の司祭〉グラチウスもむろんかの巨大なエネルギー流に目をつけてただちに近づき、いくたびも執拗にその力をおのがものにしようと迫っているが、ひとたびも成功し得たためしはない」

「なんと」

ヴァレリウスはショックをうけて叫んだ。

「そうなのですか。グラチウスはすでに豹頭王グインに近づき、わがものにしようと働きかけた——と？」

「さよう、もうそれは彼がこの地上にはじめてすがたをあらわしたとたんからそうであったよ。それはわれはグインには、出現と同時にあるていどの注意をむけていたので、きわめて明瞭に断言することができる。おお、それに、おのれがいってみてあらためてこれも彼が尋常ならざる現象であるという、そのきざしかと気づいたものだが、彼がルードの森に忽然と出現したのがいまを去ること六年前——そして、それ以前には確かに豹頭王グインなるものの痕跡は何ひとつこの世界には存在しておらなんだ。彼の内包するエネルギーはとてつもないものだ——すべてをいちどきに解放せば、この惑星《ほし》そのものを爆発させることをさえたやすいほどにもな。それほど巨大なエネルギーが、どのようなかたちであれ、たとえあるていど分散していてさえ、それはこの地上にあればわれの目をまぬかれることはできぬ。さよう、キタイの竜王ヤンダル・ゾッグなるものは、十八年前に突如として、忽然とキタイにあらわれたと通常は信じられておるようだが、われは決してそうではないことを知っている。いや、彼自身はそうかもしれぬが、彼の属する種族はそれよりもずっと早くに長い眠りからさめ、ノスフェラスで成人してひととなったのだ。彼らは——星船のなかで目ざめた。もともとは、現在地上にいる彼らの種族は——なんというて説明したものだろう——星々をわたるための、長い長い、あまりにも長い旅を途中で中継ぎをするための、冷凍されていたその種族の胎児であったものと思われる。そして長い長い時を経て目覚め、何代かのあいだは星船のなかに身をひそめて育ち、そしてやがて星船を出てひそかに地上の秘境に身をひそめて人間との混血やいまわしい交流をかさね、そののちにはじめてキタイにおもむき、おそらくはふるさとに帰るため、同時にこの地をわがものとするための暗躍をはじめたということだろう。だが、そのエネルギーの流れの動きから、それはわれにはとくに観相されていた——具体的なことはわからずとも、いついつ巨大なエネルギーの流れがいくつかキタイにむかい、そしてキタイでなんらかのエネルギーの激変がおこった、というようなことはな。いまのキタイには、巨大なひとつのブラックホール——ふむ、なんというたものか——この世界のエネルギーを底なしにくらい、すすりこみ、のみこんでうごめく巨大な深淵のようなものが存在している。おそらくキタイの王はそれに次々と贄を与えるために、キタイの国民たちにも多大な犠牲をしいているに違いない」

「それは、まさにそのようですな」

イェライシャが口をだした。

「私は直接見たわけではないが、キタイ、ことに竜王が建設中の新都シーアンでは、各地の若い女、妊婦たちが多数連れ去られ、そしておぞましき黒魔道の儀式の生贄として惨殺されて血を流していると土地の妖魔が告げておりました」

「これから子を生む若い女、妊娠している女というものは、何もない場所から生命を生み出す、もっともエネルギーの源流にちかいはたらきをする母体——それが生み出すエネルギーこそは黒魔道にとってとてつもなく美味な贄となる、そのことはかねて古来より知られてきた」

アグリッパはかすかににがい顔をしたようだった。

「だが、まあ、キタイのことはのちほど話そう。だからともかく、あれほどの巨大なエネルギーとなると、キタイの王にせよ、その誕生の瞬間からわれの注意をひいていたということだ。そしてわれはただちにそれだけのエネルギー現象に注目の目をむける——だが、グインに関するかぎりは、その六年前、ルードの森に彼が忽然とあらわれるまで、そのような巨大なエネルギーが地上に遍在している、というあかしは、一切なかったのだ。――一切、なにひとつ、だ」

「しかし……」

「さよう、彼はすでに完全に成人した男性として、ルードの森にあらわれてきた。そのときにはすべての記憶を失っていたという話をきいている。だがそののち、彼の行動を見ているに、まったく過去の記憶や知識を持っておらぬ人間ではそうはできまいということばかりだ。そして何よりも――彼は星船のカギを持っている」

「え……っ……」

「そう、彼は星船のカギを持っているのだ」

アグリッパは厳かに云った。いんいんとひびきわたるその声に、ヴァレリウスは思わず身を固くした。

「それは、つまり……まことの……」

「このノスフェラスにはいくつかの星船の遺跡があるといった。グインの所有するものはそのなかで最も大きい――つまりは《超越者》のものであった星船、《グル・ヌー》を形成することとなった星船のカギなのだ。カギ、ということばが正しいのかどうか、われにもよくはわからぬ。ただわれが知っていることは、グインの持っている星船のカギのかたわれと、そしていまひとりの存在が持っているカギのかたわれをあわせたとき――カギというよりもそれは星船の失われたもっとも重要な操縦のための部品であるのかもしれぬ。それが星船に戻り、そしてキイワードが発せられたとき——星船はよみがえり、動き出すだろう……」

「何……ですって……」

ヴァレリウスはあえぐようにいった。イェライシャは、あるていどすでに心得た話であったらしく、黙ってきいているだけだった。

「星船がよみがえり、動き——で、でも、それは——そうしたら……」

「ノスフェラスに激震が走り、《グル・ヌー》はついえ去り、かくも巨大なる星船の飛び立ったあとに《グル・ヌー》の白骨はすべてその星船の発進の高熱をあびて消滅するだろう。——そして、その星船はひとつの星全部をついえさせるほどのおどろくべき武器をそなえ——そしてそれ自体で思考し、行動する存在なのだ。命じられた目的にむかってな」

「……」

あまりのことばに、ヴァレリウスは言葉を失った。この時代の魔道師にすぎぬヴァレリウスにとっては、あまりにも想像を絶することばであった。

「ただ……ひとつの星船で、惑星ひとつを消滅させることが可能でしょうか?」

かわって口をひらいたのはイェライシャだった。

「私はむろんノスフェラスについても——星船についてもそれなりに、年を経た魔道師として知っているほどのことは知っている。私にせよたくさんの時間を、あなたの半分以下だとはいえ、長い長い時間を観相にあててきたのですから。だが、私にはまだ、そこまで断言するだけの自信がもてぬ。——《超越者》の文明とはそれほどに高い段階に進んでいたものなのでしょうか？ たった一隻の星船によって、世界ひとつを永久に消失させるほどの驚くべき力をもつほどに？」

「それはわれにには何もこたえられぬ。われはただ、星船の機能について知っているにすぎぬ。それが現実に動いたところを見た人間で現存しているものはもはやただの一人もいないのだ」

アグリッパは重々しく答えた。

「われはただ、われの知っていることについて述べているだけだ。――そして、星船はさらに――星船全体を物質転送しうる、もっとも巨大なカイサールの転送装置をそなえているはずだ。……すなわち、それが動けば……キタイの竜王は星船を思いのままにどこにでも送り込み、どのような国家をもそれをもっておびやかしていうことをきかせることも、ひとつの都市全部を一瞬にして蒸発させることも、またはるかな星をわたっておのがふるさとへかえることも可能となる――なにもキタイの竜王に限らぬ、なればこそノスフェラスについてちょっとでもきかじった者たちはすべて、ノスフェラスの秘密を手にいれ、この世界の覇者になろうと狂奔しつづけてきたのだ……」

「……………」

奇妙な沈黙があたりを支配した。

ヴァレリウスは何をどういっていいかよくわからぬていで、両手をねじりあわせた。

「その……あの……」

あえぐように、やっとためらいがちに口をひらく。

「それは……では、その……星船の転送装置というのと……パロの古代機械は同じもので……？　ということは――つまり――？」

「パロに古代機械をもたらしたのは、かつての伝説の天才宰相アレクサンドロスだ、という説は知っていような」

アグリッパはヴァレリウスの動揺がむしろ面白そうに云った。

「はい……それはもう……」

「むろんこれも伝承にすぎぬとはされてきたが――そして、また、かの天才兵術家にして建築家、美術家にして天才的な著述家――あまりにも異様な才能のかたまりであったアレクサンドロスは、《大空の彼方からきた人》と呼ばれていた、というサーガも」

「それも……むろん、パロに住んでいるかぎり三歳の童子でも知っていることです、しかし……」

「われの仮説では、アレクサンドロスは、《調整者》の使者――というかより正確には、《調整者》の命令によってこの世界につかわされた監視者にして、この世界そのものの文字どおりの調整者だと思う」

アグリッパは重々しく云った。

「アレクサンドロスの登場もまた、われの成人よりもさえ以前のことであった。――そして、それは地上にノスフェラスが誕生することになる惨禍と相前後していると思われる。《調整者》は《超越者》の星船とほかの種族の星船とがこの惑星に墜落し、それが大きな被害を出したことをうれえ、だがこの惑星そのものの固有の体系や歴史に干渉することは、《調整者》の規律によりみずから禁じられているがゆえに、そのようにして監視者にして調整者なるものを要所要所に送り込み――そしてそれによって、この惑星が宇宙戦争の影響によって荒廃し変貌することをさまたげるよう働かせたのだとわれは考える」

「……」

「さよう、そしてキタイの王が登場し、新都シーアンをつくり、ふたたび地上の秩序がおおいなる危機を迎えんとするこのさいになって、豹頭王グインはまったくカイサールの転送装置によって送り込まれてきた、としか思われぬ方法によってルードの森にあらわれた――そしてそののちの彼の動きをみていれば、それはまったく――彼こそはアレクサンドロスの後継者、すなわち彼をルードの森に送り込んだのは《調整者》であるとしか、われには思えぬのだ」

「おお……」

ヴァレリウスは思わずうめくようにいった。

「わがあるじも――わがあるじもそのようなことを……むろんいかなる事実を知ってのことではございませぬが――グインについて、さまざまに考証しつつ、それにちかいようなことを申しておりました。……私はおろかにも、それを……詩人の魂をもつ者のきわめて詩的な夢想であると思ったのです。彼にわびなくてはなりません……彼の洞察力と、そして彼の空想力に対してわびなくてはなりません」

「確かにアルド・ナリス、彼もまたきわめて珍しい存在ではある。彼は魔道によってでも事実への知識によってでもなく、ただその魂の求めるロマンによってのみ、この世界の本質に一瞬手をふれることを得たのかもしれぬな」

イェライシャがつぶやくようにいった。

「自由に空をはばたくことを禁じられた鳥だからこそ、そのようなヴィジョンを得たのかもしれないが……」

「ああ……」

ヴァレリウスはそっと胸に手をやり、ゾルーガの指輪を握りしめた。

(ナリスさま……)

「さよう、グインがもし《調整者》の送り込みたる調整員、この惑星をアレクサンドロスにつづいていまひとたび正しい歴史の方向にひきもどし修正させるための存在だとすれば——当然いずれ、彼はケイロニアをその背景としてキタイ勢力と激突することになるだろう」

アグリッパは思索をさまよわせるようにぱちりと大きく目をとじた。

「そのときに——キタイ王がアレクサンドロスの古代機械を入手し、その秘密に迫っているかどうかしだいで、そのたたかいは帰趨が決することにもなるであろうな。——その本当にいざというときに《調整者》が必ずグインに助力の手をさしのべる、という見通しは断言はできぬ。アレクサンドロスが派遣されるについて持っていた役割と、グインとではずいぶんと違うであろうからな。——が、いずれにもせよケイロニア王グインはさだめにより、登場してまもなくまずノスフェラスの初代の王となった。——彼はいずれノスフェラスにやってくることになろう。そして、その彼を追ってヤンダル・ゾッグもまた。——そのとき、もしヤンダル・ゾッグが星船の秘密を手にいれていれば——この世界はそのままヤンダル・ゾッグのものとなる可能性はかなり高くもなろうな」

「それで——それでよろしいのですか。大導師は、それをそのまま傍観されておられるおつもりですか」

思わずヴァレリウスの語気はあいてがどのような偉大な存在かということも忘れて激しくなった。だが、アグリッパの声はいっこうにかわらなかった。人間の喜怒哀楽や感情というものはすべてもう、彼のなかには存在しておらぬかのように。

「それは、われの干渉すべきことではない。われは観相者、この世界の運命の守護神でもなければ、調整者でもないのだから」

「だが——でも——」

ヴァレリウスはどもった。この巨大な超越的な存在を動かすために、なんといっていいのかわからぬ、強烈な無力感がまたよみがえって襲ってくる。

「しかし……」

「まあ、われのことばをさいごまできくがよい、うら若い魔道師よ。——ともあれ、われはグインという存在に対しては、最終的にはそれの背後に見え隠れする《調整者》に対してではあるが、非常に関心を持っている。そしてまた、もしも星船がよみがえり、動き出すことにならば、この世界がいったいどのような激変の時代を迎えることになるかについても、それはおおいに関心はよせている。――ノスフェラスがそれほど巨大な激動を迎えるということになれば、おそらく世界のほかの部分も無傷ではいられまい。ノスフェラスができたときにも長い長い大変動時代があって、いたるところで火山活動がさかんになり、大洪水がおき、人々は太古の大災厄時代の再現かといたくおそれおののいたときく。かの巨大な星船がよみがえり、飛び立つことになれば、その衝撃で、ノスフェラスに眠るあまたの星船の遺跡も爆発を誘発されて連鎖反応でつぎつぎと爆発をおこすことになるかもしれぬ。そしてそうなれば――ノスフェラスは滅びるだろうな。そこにすまう多くの――あの苛酷な変化を生き抜いてあの放射能の砂漠に適応し得たたくさんの生物や変化した人間たちもろともに。――そして万一にもキタイの竜王が、星船とおのが新都シーアンとを転送装置によってつなごうとし、さらにシーアンとおのが故郷、異次元の世界とを結ぼうとした場合――われの恐れるのは、彼の作っているかのエネルギーのブラックホール、エネルギーを底知れずくらう怪奇な深淵とはもしやしてその異次元への回廊として開かれているのではないかということだ。そしてそこに、物質を転送するカイサールの古代機械が結びつけられることによって、万一にも、い、い、い、次元のほころびのようなものが生じた場合――」

「………？」

「わからぬか。わからねば、わからぬでよい。そのようにわれがおそれている、案じているとだけ思っておくがいい。――その場合には、ひとつノスフェラスのみならず――この世界すべての滅びとなるかもしれぬ。生々流転の結果としての自然な滅亡と栄枯盛衰とはまったく異なる――不自然な消滅と次元震としての滅亡と壊滅――究極の破壊にさらされることにならぬとはいえぬ。この世界がだ――この世界のすべてが」

「……………」

「そのような可能性は、かなり高いものでしょうか？　大導師」

　口のきけなくなったヴァレリウスにかわって、イェライシャが沈痛な声でいった。

「それはわからぬ。――それはあまりにも不確定の因子、要素が多すぎて、いまの段階ではわれからはどうなるとも言えぬ。まずはだが――さよう、だから、われは、ひとつその若い魔道師との接点は見付けたというたのだ。かのアルド・ナリス王子はただいま、あの古代機械自身が設定した古代機械の《マスター》であるはずだ。そしてグインはノスフェラスの最大の星船のカギを持っている。そしていまひとり――アルゴスの黒太子スカールがグインのもつカギのかたわれと、そして星船のパスワードを所持しているはず――それがもしもあわされば、星船は――だが、また、われはおそれる。グインとスカールとはたとえ《調整者》によって選ばれ、そのキイワードの後継者となったにしたところで、それは役割としてだけのこと、かれらには、この世界への洞察や調整者としての行動はのぞむべくもないだろう。――いや、グインについては、いまいうたとおりいまひとつわからぬ部分が多いのだがな。

だがスカールについては――彼自身、いったいおのれがどのようなものごとにかかわりをもち、まきこまれているのかを理解することはついにあるまい。彼はこの世界の人間としてもなお魔道とも神秘とも無縁の草原の徒だからな。おそらくはロカンドラスはそれゆえにこそ、彼をその秘密の後継者として選んだのだろうが……」

「スカール太子が……ノスフェラスの秘密のカギを――私はどう……私はどう考えていいかわかりません」

ヴァレリウスは口ごもった。

「私はなんだか……あまりにも、自分の器とも、能力とも縁のなさすぎる事柄にうかつにも首を突っ込んでしまった、おろかなトルクになったような気持です。――私には、この世界の――大宇宙の黄金律などという最終真理はまったく無縁でした……私はただの上級魔道師です。しかもパロ魔道師ギルドに属して、カロン大導師の命ずるがままに動いていたただの魔道師でした。……ナリスさまのおそばにちかく仕えるようになったことさえ、おのれの分にすぎたことと思っていました。……この世界の生成の秘密だの、ノスフェラスの秘密だの――そんな、ナリスさまが口にされる事柄はあまりにも空想的すぎて、まったく吟遊詩人のサーガのような、詩人の魂が生み出した幻想だとしか思われていませんでした。それともただのことばだとしか。……この世界の滅亡――はるかな星々のかなたから我々を見守っている調整者――そんなものは……想像することさえできません。エネルギーの流れを感じ取ることはできても……それをもとに観相して世界をおのれの認識のなかで再構成する、などということは……あまりにも高度すぎて、私には……想像してみることさえできない……」

「まあ、そういうものではないさ」

慰め顔にイェライイシャが云った。そしてすいとヴァレリウスのそばにより、その肩を叩いた。

「わしとても、その昔は若造だったのだし、それをいったら、失礼ながらこの大導師ほどのかたでさえそうだったのだよ。人間、誰もが昔は若いんだよ」

4

「はあ……」

　親切なイェライイシャのことばも、しかし、ヴァレリウスをさほど勇気づけたとも思われなかった。ヴァレリウスは気の毒なほどしょげたようすで、おのれの無力をあらためてかみしめるように、巨大なアグリッパの顔を見下ろし、また大きな溜息をついた。

「それに、大導師は、それでおぬしにこれほど多くを語って下さっている。それはすなわち、大導師がおぬしにきわめて多く力をわけあたえて下さっているのも同じことだよ。それに大導師のおことばのなかにはたいへんたくさんの、おぬしが今回のこの苦難を首尾よう切り抜けるためのヒントが隠れているとわしは思うのだがな」

「え……」

　ヴァレリウスはいくぶんうつろな目で、イェライイシャを見上げた。

「と、申されるのは……」

「わからねば、あとでわしが話をしてやるさ。――まあいい、いまは大導師の貴重なお時間を邪魔しているわれわれだ。わしは折角の二度とないような好機に、なるべくたくさんの大導師のおことばをうかがいたい。わしとても思っていなくもなかったこと、よう知っていたこと、そうではないかと思っていたこと、まったく知らなかったこと、夢にも思っていなかったこと――さまざまなことが、ヤーンのタペストリが糸がほどけてほぐれるように大導師のおことばであらわれてくる。それがわしにはこよなく面白い。……続けて下され、とお願いすることができるなら――ぜひとも、先を続けていただきたいものです、大導師」

「先を、といわれたところで、もはやさほど申すこともないが……」

アグリッパは重々しく答えた。

「ともあれわれわれは観相者としての道をすでに選んでしまったがゆえに、もしもこの世がそのような究極のほろびに瀕することとなった場合にも、おのれがどのように行動するものかはみずからわからぬ。それは、われには、不確定要素が多すぎるので、いまここでむなしいことばを口に出すことはせぬ。――われはついに立って世界のほろびを救おうとするかもしれぬし、次元のほころびをとりつくろおうとわが力を投出すかもしれぬ。あるいはまた、それもまたひとつの究極の栄枯盛衰と、黙って見守ることになるのかもしれぬ――すべてのわれの故郷を失ってもな。われはすでに三千年から生きてきた――この惑星もすでにわれの生まれてきた当時とはあまりにも異なっている。そして、次々と重なっておこりつづけている生生流転と変化と変貌のどこまでを神のご意志と考え、どこからを受入れてはならぬ悪魔のはからいと考えるか、これほど難しい究極の命題はほかには存在せぬでな」

「まことにそのとおりです。だがもうひとつうかがってよろしければ――グインの持っているそのカギというのは、グイン当人は、それがそのような巨大な力をもつものと知っておるのでしょうか？」

「それは知ってはいるまいさ。グインとは、つねにわれわれには、何を知っており、何が本能であり、何がはるかな《調整者》からつき動かされているのか、それがもっとも不可思議な存在だ。それゆえに彼は時としてもっとも魔道師を驚愕させる。──彼は予想がつかぬ行動をする。それほど、魔道師にとって仰天させられる資質はないからな。──だが忠告してやれることもある。スカールについては、グラチウスに注意を払うがよい。スカールの病気を直して──それはノスフェラスで罹患した放射能によるものだったのだが、そのもはや不治と思われた重病を直してもとのからだにしてやったのはグラチウスだった。その前後からグラチウスはすでにスカールにきわめてひんぱんに接触し、接近しようとしていたところからみて、ノスフェラスでロカンドラスがおのれの後継者にスカール太子を選んだことはすでにその意味も含めて、よう知っているのだろう。──そして厄介なのはグラチウスもむろん星船の秘密を狙っているということだ。パロの古代機械と星船の転送装置がまったく同一のものとは思えぬし、パロの古代機械の《マスター》であることが、星船の転送装置にどう影響するのか、これまたわれにはよくわからないが、グラチウスはまだアルド・ナリスが《マスター》に決する以前からやはりアルド・ナリスにも接近していたし、グインにも早くから自家薬籠中のものにしようとしきりと働きかけていた。つまりは、彼は──実はキタイの竜王になんらまさりおとりのない危険な存在だということだ。彼は彼でおのれの野望のためにこの、三つの重要なカギを握る存在を手にいれ、おのれがこの世界の支配者になろうという気持があって《暗黒魔道師連合》を組織し、キタイ勢力にたちむかっているにすぎぬ。——グラチウスのことばに耳をかたむけ、迂闊にもグラチウスの接近を許しておれば、いずれはアルド・ナリスをグラチウスにさらわれるということにもなろうし、このたびの反乱でスカール太子がアルド・ナリスとともにたたかうこととなれば、グラチウスは一気に求めるカギ二つまでも手中にする好機を得たと思うだろう。——これについてだけは充分に注意しておくことだ。だが、これは……折角このような機会を得て、いく久しくぶりにひとの子と語るを得たのだから、われからそのうら若き魔道師におくる言葉としていうておこう。——二つならば、それは、まだどうかわからぬ。だが——三つそろえばおそらくは……その現象自体の意志というものが発動するのではないか、という気が——われにはする。いや……それもまだわからぬ。グインとスカール太子とは同じ秘密にすでに属しているが、それにアルド・ナリスがどうかかわってくるかはわれにはわからぬ。——いずれにせよ、われの観相によれば、彼の定命はすでにまことには尽きているはずだった。というか——彼はすでにいくたびもドールの鬼籍簿に入れられていたはずの人間ではなかったかという気がする。その彼がしかしこれまで生き延びて、そして——今度こそわれの考えでは逃れようのないであろう最期をも、まぬかれるものかどうか——そうなれば、世界の運命もかわるやも知れぬな。どうやらわれが思っていたよりも、あの隻足の王子はしぶといようだ。もしも彼がこの、キイを握るものたち二人と会見をはたしたとすれば——かれらのすべての知識とカギとがひとつになったとしたら——世界は変わるかもしれぬ。そのとき、新しい世界が訪れる可能性もひらけるかもしれぬし——少なくとも、キタイの竜王で太刀打ちできる程度のものではない、おそるべき《力》の場が、この三人をめぐって生まれるかもしれぬ、という気もわれはせぬでもない。これは主としておそらく、豹頭王グインがもたらす力なのだろう。これまでは——グインの額にケイロニアの王冠がまことにいだかれるまでは、われにはまったく感じられなかった潮流であったからな。われは、もうとくに中原の命運は尽きているのかと——竜王の手にかかるまでもなく、〈闇の司祭〉の手によって蹂躙されるさだめかと思うていたのだよ。むしろその意味では、キタイの竜王は思いがけぬあらたな展開を中原にもたらし——ある意味では中原を救うことにさえなったのかもしれぬぞ。そのように思うてみてはどうだな。若きヴァレリウスよ」

＊

すでに——

アグリッパにとっては、あまりにも多くを語りすぎ、そのためにあまりにも観相のときをついやしすぎてしまったと彼が考えていることは確かであった。

巨大な顔の巨大な目はとじたまま開かなくなり、そして、その唇から発せられることばもふととぎれたまま、もう沈黙を守りつづけた。そうしていると、とてつもない眺めであるだけに、それが少なくともかつてはまことの人であることもあったのだ、とはまったく想像もつかなくなってくる。

「大導師――」

イェライイシャは、まだ何かいいたく、だが何をどういっていいかわからぬていでくちびるをかみしめているヴァレリウスの肩を叩くと、そっと云った。

「思いのほかに長々と導師の観相をさまたげてしまった気がします。だが、教えていただいたことどもは――おそらくはヴァレリウスよりも、このイェライイシャにとってこそきわめて重大なことばかりでしたし、それに……それをこうして話して下さった大導師のお心のうちは私にはおそらくわかった気がいたします。……いずれにもせよ、大導師はすでに地上のさやかなるひとの子の右往左往は超越されたおかただ。――ふたたびお目にかかれるときがくるや否やと思えば、お名残はつきませぬが、ともあれいまはこれにておいとま」

(行くか)

すでに観相に深く沈み込んでしまったかのように、巨大な渓谷の唇は閉ざされたまま、強烈な念波がかれらの脳にむかってほとばしってきた。

「とりあえず。――お邪魔したことはじゅうじゅうおわび申上げますが、結界をあけていただけますか。私がこの若者を連れて飛びますゆえ」

「イェライイシャ老師……」

ヴァレリウスはいくぶんうろたえながら口ごもった。とはいえ、何をどういったものかはよくまだわからなかったのだが。たてつづけにあびせられた事実があまりにもとてつもなく、また巨大であったために、彼はすっかり混乱し、うろたえてしまっていた。

「あの……あの、私は……私はそれで、どうしたら……私がここまできたのは、あの……」

「よいから」

イェライシャはいくぶん叱りつけるようにささやいた。このなかでは、かれらどうしの念波もすべてことばとして実体化するかのようで、心話は意味をなさなかったのだ。

「もう大導師のお邪魔をしてはならぬ。あとはわしが、おぬしにもわかるよう、説明してやるよ」

「え……ということは、あの……大導師のおっしゃられたことばのなかに、もっと違う……」

「もう、いいから何も考えるな。さ、わしにつかまれ、ヴァレリウス。大導師、ごめん」

アグリッパとイェライシャとのあいだにどのような合図がかわされたものか、ふいにヴァレリウスはからだがぐらぐらととけだすような異様な感覚を覚えた。

(あ……ああ……あ――っ！)

夢のなかではてしなく墜落してゆくような感覚がヴァレリウスをとらえ、そして、一瞬の暗転がくる。

(あ……っ……)

一瞬の意識の完全な喪失から、われにかえったとき、ヴァレリウスは、おのれがあの白骨のモニュメントの前で、茫然と――まるで何ひとつおこらなかったかのように同じ姿勢でたたずんでいるのを発見しただけだった。イェライシャも見当たらない。

（ゆ、夢……いや、夢じゃない……）

ヴァレリウスは、魔道師どころか、魔道のまの字も知らぬ素人のようなおろかな反応をしつづけていたような気分にとらわれて、ひそかにうめきたいのをこらえた。

（俺は……俺にはあまりに手にあまる任務を引き受けてしまったようだ……だが、グラチウス、そうだ、グラチウス……）

アグリッパの真意をただせ、とヴァレリウスに命じたのは、グラチウスだったし、アグリッパを味方につけてこい、と命じたのもまたグラチウスだったと思う。そのグラチウスに注意せよ、と当のアグリッパがいうとは、グラチウスは予想もしていなかったのか、それともしていたのか。

（いずれにせよ……この世界の三大魔道師の二、〈闇の司祭〉と《大導師》との考えることや……その観相の結果など、俺にはあまりにも遠いものにすぎて……どう理解しようもないのかも……）

ひどくみじめな思いでヴァレリウスがたたずんで白骨のぶきみなモニュメントを見上げていたときだった。

「何をしとる」

ひょいと、空中から、イェライシャがあらわれてきて、呆れたようにヴァレリウスを見た。

「何をぼうっとしておるんじゃ。ここは《グル・ヌー》の中心、あまり長いことといたら危険じゃろ。わしも、せっかくここまできたのだから、ちょっとおぬしを《グル・ヌー》のなかにおりていって、星船の実物を見せてやることはできんかな、と考えてちょっとそちらのようすを見にいったのだが、どうやらあそこは迂闊な覚悟では近づける場所ではないようだ。近くまでいっただけで、相当に結界の圧力というか、すさまじいものを感じたので、ほうほうのていで逃げてきたのだよ。ウウム、口惜しいかな、ロカンドラスやアグリッパ——グラチウスはどうか知らぬが、やはりあのおどろくべき大先達たちには、わしの力は相当にまだ及んでおらぬらしい」

「それでも、私に比べたら……」

ヴァレリウスはかなりしょげた気分だったので、しょんぼりといった。

「私なんて、まるで自分が羽根もないチーチーになったような気がしますよ。こんなところまで私は何しにきたんだろう。おのれがどれほどとるにたらぬ存在で、どれほど何もできないか、ただ確かめるためだけにやってきたんだろうか。何ひとつ理解もできなければ、本当のこの世の相だの、真実だのなんて、一生無縁におわるちりあくただってことを知るためだけに」

「これは驚いた。何をひがんでおることやら」

イェライシャはかすかに笑った。

「いうては何だが、この《グル・ヌー》はかのキタイのヤンダル・ゾッグでさえ、いまだに近づいてはおらぬ場所なのだよ。……ヤンダル・ゾッグやグラチウスの魔力では、星船に近

づけぬからこそ、かれらは星船のカギを握るものたちを手にいれてそこに近づこうとしている、ということだ。——そう、アグリッパやロカンドラスにくらべて、ヤンダル・ゾッグやグラチウスの魔力は一段落ちる、ということだな。——そのグラチウスに長年とらわれて脱出できなかったわしはさらにそのグラチウスよりも少々格落ちということになる。——いやいや、上には上がおるんだよ。そう思えば、べつだん、がっかりする必要もないということはわかるじゃろ。さ、ともかくこの放射能まみれの巷から出ようではないか。いかなわしの結界でも、そろそろ苦しくなってきた。それにアグリッパの結界のなかにいるのは、なかなかしんどいことだったからな。——ことにお前さんと二人分、バリヤーを張っておいてやらねばならなかったでね」

「え……っ……」

ヴァレリウスは目をむいた。

「そ、そんなことをして下さっていたのですか。すみません。気づきませんでした」

「あそこは大導師アグリッパの内宇宙だったんだよ」

いくぶん肩をすくめて、イェライシャはこともなげにいった。

「あのなかに、バリヤーなしに——あるいはまあ、こういっては何だがおぬしていどのバリヤーで入っていったら、そのままヒョイと吸収されておしまい、はいそれまで、だよ。それはもうただの力の違いじゃからね。だからわしはおぬしが何もその圧力を感じぬようバリヤーを張っておいてやったのだが、それはなかなかわしにとってもきびしいことだった。なにせ、ずーっとわしはそのバリヤーをまわりから、ありったけの力でがんがん叩かれているように感じていたでね」

「し、知りませんでした」

ヴァレリウスは素直にわびた。

「あまりにも、私の力は……アグリッパはむろんのこと、老師とも差がありすぎて……なんだか、こんなところまできて本当にご迷惑をかけ散らしている気持です。申し訳ない――本当に、子供がわけもわからず騒いでいるようにごらんになられたかと思います。お恥かしい」

「じゃから、いうただろう。わしとても昔は若造だったのだよ、となあ。――わしはこれで一千年から生きておるのだし、アグリッパはその倍以上だ。――だから、わしとしては、わずか八百年しか生きておらぬ若造のグラチウスがあのように、ドールの力をかりて偉そうにしておるのが――そしてわしの力がそれに及ばぬというのがまことにもって心外なのだよ。ヤンダル・ゾッグについては、まだわからぬことが多々ある――なにせ、この世界の人間ではないわけだからな――だから軽々には云わんが、しかし、まあ生まれてからの年数でいえばおぬしとそれほど変わったもんじゃないようだ、あの大導師の話をきけばな。ということは、たぶん――」

「た、たぶん？」

「ヤンダル・ゾッグ自身は確かにとてつもなく力のある魔道師だろうが、おのれが世界最大とほざいておるほどではないとわしは思うよ。確かに恐しいエネルギーの総量を感じるし、それはまあ確かになかなか、希有といってもよいようなものだがな。それにしても豹頭王とは比すべくもない。その性質そのものがな……豹頭王のは、なにせ、無尽蔵なのだから。――それにな」

「ええ……」

「えい、ともかく飛ぶぞ。わしのアジトにまたくるがいい。そこでちょっとお茶でもしながら、話の続きをしよう。わしもいろいろ、いまの話をきいて考えたことがあるでな」

イェライシャはヴァレリウスにおのれの杖につかまらせた。ややあって、ヴァレリウスは《閉じた空間》に入るとき特有の、からだがへろへろと溶けてゆくようなあの感覚を覚えた。

「さあ、もうよいよ」

イェライシャの声で目をあける――あたりは、見慣れた、あのルードの森のアジトのなかだった。いきなり、ここちよい、疲れはてた全身を香りのシャワーで洗い流してくれるような没薬の香と、それになんともいえぬほど心をやすらがせてくれる空気が全身を包んだ。

「あ……あ……」

ヴァレリウスは思わずうめいた。

「ああ。――いまはじめてわかりました。……自分がどんな恐しいところにいたのだか」

「そう、あのなかにいるあいだは気づかなんだろうが、われわれはかなり痛い目にあっておったんだよ」

イェライイシャは苦笑した。

「むろんあのバケモノはそんなつもりはなかったにせよな。なにしろ、あいては三千年から生きてきた生ける伝説だ。わしも、はたして無事に出てこられるものかどうか、もし万一彼の機嫌を損じてしまったら、もう二度とわしもおぬしも無事にあの結界を出ることは難しかろうなあ、と考えてなかなかに薄氷をふむ思いだったよ」

「わ、私は何かへまなことを申しておりましたか」

「いや、そんなことはない――と思うが。しかし何をいうにも、あいてはともかくあまりに人間ばなれしていて……あれは、味方につけておぬしの思いどおりに動いてくれるなどという玉ではないね。むしろ、そうして連れてきても、神様をドライドン賭博のかけ人に使うようなもので、どちらも当惑しただろうよ。胴元も、神様のほうもだな。いやいや、それにしてもわしにとっては希有の体験であったよ。おぬしには、あつく礼を云わねばならぬね。おぬしに親切にしてやろうとほとけ心を出したおかげで、わしは願ってもない、というよりも一生に二度とは出来まいと云う貴重な体験をした上に、おそろしくたくさんの、失われていた情報を手にいれ、おそろしくたくさんの未知の情報をも得た。これは、おぬしにはだいぶん借りが出来たといわねばならぬな」

「とんでもない、私こそ、老師がおいでにならなかったらまったく何も……あそこまでゆくことも、いや、それ以前にあの結界があそこにあるとさえ知ることもできなかったでしょう」

「おぬしがだんだん気にいってきたよ」

イェライシャはつぶやいた。

「若いに似合わず謙虚な上に、魔道師に似合わず素直だ。ああみえてアグリッパはけっこうおぬしのことが気に入ったのだよ。そうでなくば、あんなにしゃべってはくれまいよ。おぬしはなかなかに、人に好かれる、というか、じじい受けがするようだな。おぬし、カロン大導師などというどこの馬の骨とも知れぬいかさま魔道師の後塵を拝しておらんで、ひとつわしに弟子入りせんかね。おぬしはなかなかに素質もあるし、わしがきたえあげてやれば、わしの後継者としてずいぶんといいところまでゆけるだけのエネルギーは持っておると思うよ。確かにいまのおぬしのその魔道のレベルはわしから見れば素人同然だし、それはもうあの魔道師ギルドなんぞにかかわっておるかぎりやむを得んことじゃろうて。勿体ないな、折角よいものを持っておるに。どうだ、この一連の戦争が終わったら、わしに弟子入りしてみては。おぬしなら、わしは喜んで引き受けるよ」

「そ、それは願ってもない素晴しいお話ですし……夢のようなおことばです」

ヴァレリウスは口ごもった。

「おそろしく光栄で……どうしていいかわからないくらいです。それに……私も魔道師を志したくらいですから……魔道をきわめたいという気持はものすごく……でもいまは私は私のあるじが……おお、でも、もしもそちらが本当に一段落して、時間がとれるようになれば……本当に弟子入りさせて下さるのですか。大導師アグリッパのようになるなどという高望みはしませんが、せめてグラチウスとなり、いや、私自身がヤンダル・ゾッグと対等に戦えるだけの魔力があったらとどれだけ――ヤンダル・ゾッグにあっさりととらわれてしまった腑甲斐なさにくやし泣きしながら、聖王宮のなかでどれほど痛恨と痛憤を抱いていたかわかりません。……確かに老師のおっしゃるとおりです。月給とりの御用魔道師なんか、ものの役に立ちません」

「むろん、わしはいつでもよいさ。おぬしがその気になりさえしたら、いつでもルードの森へきたらいい」

イェライシャは笑った。

「それに、わしはおぬしのアグリッパへの対応をみていておぬしが気にいったのだよ。えらく素直で……おぬしとアグリッパとのあれほどの極端な力の差を前にして、いたずらにいきがることも、突っ張ることも、というて不必要に怯えておののいてしまうこともなく、実に素直でありのままだった。だからこそアグリッパもあんなにいろいろとおそるべき秘密を話してくれたのだよ。おかげでわしが得たところのものは、おぬしにはとうてい理解できぬであろうほどでかい。この恩義はかえしてやらずばなるまいて」

「え……」

「アグリッパはあのとおりのもう現世を超越してしまった、神になりかけみたいなものだ」

イェライシャは笑った。

「あれは何があろうと、その力を貸して地上のことに介入したりはもうせぬよ。だが、それではおぬしはヤンダル・ゾッグとグラチウスとのたたかいにまきこまれて、みすみす自滅してゆくしかなかろう。わしが力を貸してやろうじゃないか」

「な、なんですと」

こんどこそ、ヴァレリウスはすわっていた木の切り株の椅子からころげおちた。

「何とおっしゃいました？　そ、それは本当ですか！」

第三話　風動く

1

「カイ」

緊張したおももちで、ナリスの寝室にあてられている奥まった一室の控の間に入ってきたリギアは、前ぶれも挨拶もぬきにしていきなり云った。

「ナリスさまの御様子はいかが？」

「熱のほうは、かなり、落ち着いてこられました」

カイは声を忍ばせて答えた。

「いまは、よくおやすみになっているようです。――このところ、しばらくあまりよくお眠りになれなかったのですが、きのうくらいからはずいぶんよくお休みになっています」

「そう……少しでも、お疲れがとれてきたんだったらいいんだけれど」

リギアはふっと重い溜息をもらした。カイが、心配そうにそのリギアを見た。

「何か、情勢によくない変化でも？」

「よくない変化というよりも……」

リギアはおもてをひきしめた。

「カイ、ヨナ先生を呼んできてくれない？　ナリスさまがお目ざめだったら、御容態しだいではもうナリスさまに申上げて結論を出していただかねばと思っていたけれど、おやすみならお邪魔したくはないわ。ヨナ先生は、ナリスさまについておいでなんでしょう？」

「はい。では、ナリスさまにはかわってわたくしが看ているようにして、すぐに先生をこれへ」

カイはそっと奥の寝室に入っていった。ドアが開くと、その奥は本当の真夜中のように——じっさいにはまだ日ざかりだったのだが——真っ暗でしんとしずまりかえっていた。

ドアがまたひらいて、出てきたのはヨナだった。

「リギアさま」

「ヨナ先生、ナリスさまのごようすはいかが？　まだ、とても起上がるのも御無理なようす？」

「そうですね……」

ヨナは困ったようにくちびるをかんで考えこんだ。

「できればもちろん……このままずっと静養させてさしあげたいところですが……でも前よりはかなり元気をとりもどしておられます。今朝はちょっと、ものも召し上がりましたし……それでちょっとまたお加減が悪くて寝ておられますが、おいおいに起上がれるようにはなられるのではないかと思います」

「どのくらい、かかりそう？」

「何か、ございましたか」

「魔道師のタウロというものが」

リギアは唇をひきしめた。

「あのほらギール魔道師がおのれが戻るまでのかわりに、といって残していった魔道師よ。あの者が私のところに報告してきたのよ。――ヨナ、ジェニュアもそろそろ本当に危ないようだわ」

「と、申されますと」

ヨナは何がおこってもまず声を荒らげることがない。ヴァレリウスの不在のいま、しかもナリスがこのような状態とあって、リギアやルナン、ローリウス伯たち、ナリス軍の幹部は、しだいに、この、若さに似合わずあまりにも冷静沈着で何があっても顔色ひとつ変えぬ若者を、ヴァレリウスのかわりの軍師として、その意見を重用するようになりつつある。また、ヨナは王立学問所の教授であるから一般人としてはかなりの程度に魔道もこなすし、何よりもおそろしく博識で、その判断はナリスもきわめて信頼している。とかく武辺の徒で、知能のほうはそこまでおのれ自身に信頼のおけぬことを自覚しているルナンやリギアにとっては、ヨナのような、ナリスやヴァレリウスにかわって報告をきき、冷徹な判断を下してくれる軍師がどうしても必要であった。

「何があったのですか」

「大公妃殿下が」

リギアは歯をくいしばった。

「ラーナ大公妃殿下が昨夜、大司教本部のところへいらして、かなり長いあいだ、話し込んでいられたとタウロがいうの。相手はデルノス大僧正とあと数人のその腹心たち……キナくさいわ、ヨナ。いよいよ、ジェニュアも火が迫ってきたように思うのだけど」

「そうですね」

ヨナは相変わらず顔色ひとつ動かさない。

「どうあってもいずれそれは——この情勢ですとそうなるのではないかと思っていました。ナリスさまがお元気なら、それは心配いりませんでしょう。大僧正たちも、ナリスさまがいまのように、お加減が悪い状態が二日も三日も続いていなければ、それなりに——安心していたと思いますが、肝心のナリスさまが高熱を出されて面会もかなわぬ、というようなことになると——どちらにせよ、あのかたたちはただ、ナリスさまに説得されて、お味方についただけのことで、本当の底の底の本心をいえばこんな内乱騒ぎに、宗教人の身でまきこまれるのはごめんだと思っておいでだと思います。兵力でいえば聖騎士団ほとんどがついている国王派にわれわれがかなうわけはない。カレニア軍がきたまでは調子がよかったですが、そのあと、サルデス軍もあちこちからの援軍もとどこおっていますから、こちらの手兵は結局まったく増えていないですしね。市民軍以外は」

「市民軍はかなり増えたようね」

「ええ、ランがとりまとめてくれていますが、そろそろ使い物になる分もあらわれたでしょう。いま総勢ですでに二、三千人にはなってきたようですし、そのうちの半数はなんらかの戦闘の経験もあります。——といってむろん職業軍人とはあまりにも違いますから、聖騎士団が出てくれれば鎧袖一触でしょうが。でも、本隊のたてにくらいはなれますし、かれらもそのつもりで——このいくさでいのちをナリスさまに捧げるつもりで加入しています」

「そう、有難いこと……」

リギアは目もとをおさえてつぶやいた。

「でも……ほかの援軍が増えていないのも確かだわ。それもきっとジェニュアにはかなりひびいているでしょうね」

「そう、デルノス大僧正などは特に、こちらに絶対勝ち目がないとすると、どうやって生きのびるか、ジェニュアそのものがどうやって、国王にたてついた、というこの事実をごまかし、国王の逆鱗にふれてジェニュアそのものが焼き滅ぼされたりしないようにするか、ということを考えはじめているだろうとわたくしは思います。これは何か証拠をつかんだということではなく、わたくしの推測にすぎませんが。——リギアさまがおいでにならねば、わたくしのほうから、そろそろここは出ようというお話を提案にゆこうかと思っていたところでした」

「あなたもそう思うのね、ヨナ。もう、ジェニュアは出たほうがいいと」

「それもできるかぎり隠密に、しかも早急にです」

ヨナはきっぱりといった。

「もうそれこそ今夜半にでも。ただし、それは……ジェニュアにも隠密でしなくてはなりますまい」

「えっ……」

「このあたりが問題なんですけれどね」

ヨナは冷静にいった。

「ジェニュアは、もしナリス軍にそういう動きがあるとわかったら——それで、逆によりいっそう忠誠を誓ってナリスさまを盛り立てて信頼を取り戻そう、というふうに動く可能性はほとんどないと思いますよ。どうも私は——ことにあの副司教バランどのが信用できません。口さきはうまいし、態度は一番いんぎんなのですが、目つきに何か、油断できぬものを——保身にたけたものを感じます。デルノス猊下は比較的信頼できるのですけれどね。でも猊下はバランどのをとても信頼しておいでですから……もし、ナリスさまがジェニュアを脱出しようとしている、と感付かれると、とたんにこれまでのお味方が手のひらをかえして、ナリスさまをとらえ、そのお身柄をひきわたすのとひきかえにレムス国王にわびをいれて、このたびの謀反にくみした失点をとりかえそうとする、という可能性はかなり高いのじゃないでしょうか」

「そこまで——そこまでジェニュアの情勢は切迫しているとあなたは考えるのね、ヨナ」

「ナリスさまのお枕もとで、私はずっと、どうやってナリスさまをカレニアへお落とするか、その方策ばかり考えておりました」

ヨナは云った。

「しかもジェニュアそのものをあざむかなくてはならない。――そのまえに国王軍をもうまくごまかさなくてはならない。国王がたに、ナリスさまの脱出の情報が洩れればむろん、向こうはただちに兵を出して行く手をふさぎ、何はともあれナリスさまをとらえようと全力をあげてくるでしょうから。とにかくわれわれに第一にすべきことはナリスさまのお身柄だけは絶対に安全にカレニアの勢力範囲にお届けすることです。それで、思ったのですが……」

「ええ、ヨナ」

「我々には影武者が必要ですね」

「影武者」

「ええ。ナリスさまの影武者。――私がしても、と思いましたが、それだと、ヴァレリウス閣下のおいでにならぬいま、ナリスさまにつきそっている参謀をつとめるものがいなくなってしまいます。ですから、これはリギアさまに御相談しなくてはなりませんが……ナリスさまに少しでもごようすの似たものなどしょせんどのように探しまわったとて一人でもいるわけはいませんが、お病が重篤だということで、面会謝絶にしておければ、少なくとも一日くらいはもつでしょう。ただ、そんなにいまのナリスさまがそれこそ、おいのちもあぶないような状態だと思わせてしまったら、それこそジェニュアもこれは大変だと手をうってくるでしょう。それがどちらにころぶかわかりませんがいずれはそんな状態ならナリスさまにどうしても会わせてくれといってくるでしょうから……偽装がどこまでもつかが勝負になってしまいますが――ただ、問題は……ナリスさまはそれでなんとか脱出できるとして、そのあと幹部の武将の皆様をどうやってうまくジェニュアを脱出していただくかです」

「……」

リギアはくちびるをかんだ。

「そこまで……きびしいことを考えていたのね、ヨナ」

「はい。もっときびしいことを考えておりますが」

「あなたはヴァレリウスよりももっと現実主義ね」

「そうでないと、ナリスさまのお役にはたてませんから」

ヨナは淡々と云った。

「現在ナリスさまのおそばにいて、参謀のお役にたてるのはおこがましい申しようですが私ひとり――あとは皆様武将でおいでになります。ヴァレリウスさまに、お留守をあずかったものとして、私が失策をおかすことはできませんから。――影武者をしたてて脱出させられるのは、ナリスさまと、側近のごく少数だけでしょう。そんなに大勢いっぺんに動いたら、どうあってもこれはと悟られてしまう。いずれは悟られるのですが、それまでにどれだけどういう方策をたてられるかが勝負になりましょう。ローリウス伯爵はカレニア軍の総司令官ですからどうしても御一緒に脱出していただかねばなりません。でないとカレニア軍が路頭に迷います。——私の考えでは、まずとにかくジェニュアではあまりにも手ぜまで、かつ糧食もかなりきびしくなってくるだろうということをいかにもジェニュアのために案じてやっているということでカレニア軍をジェニュアから外にうつします。いまでもかれらの大部分はジェニュアの丘の東に駐屯していますから、これはただ、ちょっとそれをさらに郊外に移動させるだけですみます。同時に、いまカレニア軍の大部分がいるところへ、聖騎士団を移動させせます。それも糧食のことと、あとはまあ私が適当にいいわけを考えます。ともあれ、ジェニュアにあまり迷惑をかけられぬ、というのを口実にします。同時に、市民軍のほうは少しづつ——これは実態がジェニュアがたには把握されていませんから、総数も実力も知られていません。当座の守り、たてにしかならぬかもしれませんが、当面のナリスさまのお守りにはランにひきいてもらって市民軍を使います。そして同時にサルデス騎士団にはカレニアにむかってこっそり移動を開始してもらいます。そして、カレニアの守りを固め、パロ聖王としてのナリスさまをお迎えする用意をすすめながら、ころあいをみて一気にナリスさまと側近がジェニュアを落ち延びて、まずカレニア軍と合流してそのままカレニアへ。そしてそのあと——リギアさまかルナンさまがナリスさまと御一緒におちていただき、あとに残ったかたが残兵のとりまとめ……」

さしものヨナも少し口ごもった。ついせんに、そのようにして、ランズベール城に残ったランズベール侯が、城をまくらに壮絶な討ち死にをとげたばかりである。

「いや、しかしこれは、ジェニュアの出かたにもよります。——場合によっては、ナリスさまがカレニア軍と合流した合図のきたところで、いっせいに残るすべての軍が移動を開始し、うしろからナリスさまをお守りしつつクリスタル圏内を落ちる、ということになります」

「あなたのことばをきいていると」

リギアはいくぶん身震いしながらつぶやいた。

「あなたはもう——完全に、ジェニュアを敵と——ではないまでも、敵に寝返ろうとしているものとみなしているという感じがするわ。そうなの、ヨナ？」

「私はじっさいにおこるまでは何も信じません」

ヨナはひややかに云った。

「何も予想しませんし、何もみなしません。私は事実しか信用しません。——確言出来るのは、おこったことについてだけです。起こっていないことについては何も申上げられません。しかし、確率についていうなら、私がかなりの確率でジェニュアは国王がたに寝返り、ナリスさまを売るだろう——それも、ほどもなくそうなるだろうと感じていることはたしかです」

「でも……大公妃さまが……」

リギアは声をふるわせた。

「大公妃さまが大僧正たちと密談をしたとタウロは云ったわ——それでは、まるで……実の母が実の息子を売るなんて、そんな……たとえどのように冷たい母でも、母と子のきずなというものは……確かに、おなかをいためて生まれたお子には違いないのに」

「そんなものは、何の役にもたちませんし、そんなことをいっていても、感傷だけで何の結論にも関係しませんよ」

ヨナはきっぱりといった。リギアはいくぶん鼻白んでヨナを見た。これまで、ヨナはいつも学究としてナリスとしか親密に話をしていなかったし、それにそうしたきびしい顔を誰にもあまり見せようとしなかった——ほとんど、ほかの人間がいる前では、ヨナは差し出がましいふるまいをしないようにと、口さえもきかずにひっそりとひかえていたのだ。それゆえ、ナリスならば熟知もしていれば、非常に信用もしているのであろうそのようなヨナの顔を、リギアははじめて見たのだった。

「あなたって……」

「私は母親だから子供を売らないだろうとか、そもそも母と子に特別なきずながあるなどという情緒的なものはまったく信用しません。——それにリギアさまとて、先日の大公妃さまとナリスさまの御会見のようすをごらんになったら、お考えはかわったでしょう。ともあれ、いまむしろ私が一番恐れているのは、大公妃さまが、はっきり申上げて御自分の身の安全、老後を無事に平和にこのジェニュアでこれまでどおりひっそりと過ごすために、そのさまたげになるわが子ナリスさまの反乱をいたくお怒りになっておられることです。大公妃さまが御連絡をとっておられるのが、大僧正たちだけだったらいいのですけれどもね」

「なんですって」

リギアは思わずことばを失った。

「あなたは……そ、それじゃあ……た、大公妃さまが、まさかレムス国王と……そんなことまで……」

「当然、蓋然性としてはありえますし、ありうることについては考えておくべきでしょう。具体的な方策のお話に入ってよろしいですか。このような感傷的なお話はあまり実りがなくて、時間のない私たちにはむきません」

「あ、ああ……」

リギアはなんとなく気をのまれてあらためてヨナを見つめた。リギアの目に入ったのは、背ばかり高く、きわめて痩せてほっそりとして、あまりにもやせすぎのきらいのある、だが物静かでまるで底知れぬ湖水のように見えるひとりの学者めいた若者のすがただった。顔立ちは端正だが、あまりに肉がついていないので、多少狷介には見えたかもしれない。あまりにも思索的な顔立ちであるせいか、じっさいの年齢はまだそれほどいってないにもかかわらず、ヨナはいつもじっさいの年齢より十歳以上も年上に見られた。そのおもだちには、このしばらくで、ヴァレリウスのかわりに全責任をおのれが引き受けなくては、という自覚がのってきたせいか、それともこれまでは主として学問と、古代機械をとおしてしかナリスにかかわってこなかったものが、このところは完全にナリスのかたわらにあってナリスの影響を強く受けるようになり、またおのれのナリスとのかかわりにも自信をつよめてきたせいなのか、これまでのただ静かでひっそりと思慮深げなようすに加えて、何か一種の底深いすごみのようなものも加わってきていたのである。

「………」

リギアはちょっと嘆息しながらそのヨナのようすを眺めていた。それから、大きくうなづいた。

「わかったわ。何もかもあなたにまかせるわ。——私は何をすればいいのか、指図して下さい、ヨナ。私はそのとおりにするわ。それに、あとにのこるのが父だろうと私だろうと、それは気にしないで。そんなことはちっとも苦にならないわ。私たち親子のいのちはもう、いつなんどきでも、ナリスさまのために捨てる覚悟はもう——もう、何十年も前からできているのよ、私たちには」

「頼もしいおことばです」

ヨナは特に感動したようにも思えなかった。そのとき、カイがそっと出てきた。

「ヨナ先生」

いつしかに、このところ、ナリスの周辺のものたちは、ひとしなみにまだ若いヨナのことを、深い敬意をもって「ヨナ先生」と呼ぶようになってきている。

「ナリスさまがお目ざめで……ヨナ先生をおよびになっておられます。リギアさまとお話中だと申上げましたら、そのこととかかわっているので、すぐに二人とも寝室へ、とおおせになっておられますが」

「わかりました」

ヨナは二度とは云わせずにそのまますっと寝室へ入っていった。いそいでリギアもあとを追った。

寝室は暗く、そして魔道師たちが外から厳重に結界をはりめぐらしてあるので、入ったとたんに一種異様な圧迫感のようなものが感じられた。ナリスの気をやすらげられるよう、ナリスの好きな香をたきしめてあるが、それでも窓をしめきった奥まった一室の重圧のようなものはあらがえない。ナリスは、かるく背中にクッションをかわせて、上体をおこしていた。それだけでも、この二、三日でははじめて見る、いくぶん元気を回復したすがたである。

「ヨナ、リギア」

ナリスもまた、何も余分なことをいう手間をかけなかった。

「戦況がかわろうとしている、という感じがする。——これはただの私の感じかもしれないけれどね……寝ていながらずっと考えていたのだよ。ジェニュアを出よう」

「いま、そのお話をリギアさまといたしておりました」

ヨナは驚いたようすもなく答える。リギアは奇妙な、一種のおそれに似たものを感じながら、この主従を見守った。ヴァレリウスとのあいだにさえない、一種独特な共感とテレパシーのようなものが、ナリスとヨナのあいだに通い合っているのがはっきりと感じられる。ヴァレリウスに対しては、ナリスはいま少し感情的、というか、情緒的なようすをする、とリギアはひそかに考えていた。

(なんというのかしら……ナリスさまのほうから、ヴァレリウスに対して、感情がたかぶったり苛立ったり、ぶつかってきて、それをヴァレリウスが受け止めようと必死になっている、というような……なんだかいつも格闘でもしているような落ち着かない緊張が感じられると前から思っていたのだけれど――一番ふたりがくつろいで、とても仲良さそうにしているときでさえ。――でも、この二人は……全然違うわ。なんだか……雰囲気が妙に落ち着いていて……そう、本当はことばさえも必要ではないんだけれど、ほかの人間――つまり私ね――私がいるから、ことばにしなくてはならなくて面倒だ、というみたいな。――不思議なことね。もしかしたら、ナリスさまは、ヨナが一番お気があってらっしゃるのかもしれない）

「結論は出た？」

そんなリギアの一種の感慨などかまわぬげに、ナリスはかすかに目を細めてヨナに話し掛けていた。

「いえ、むろん……ナリスさまの御許可を得ずにものごとを動かすようなことはいたしませんが。リギアさまが、魔道師のタウロというものが、大公妃さまがデルノス大僧正たちと昨夜密談をした、という御報告をもって参られましたので……そろそろしおどきかというお話をしておりました」

「そう……」

ナリスは、ちょっと奇妙な表情をみせた。

「魔道師のタウロ。――そう、母上が……たぶん、まもなくそうなるだろうと私が心配していたとおりだな。だが、私がもっとありうるだろうと思っているのは、母上がクリスタル・パレスに使者を送っておられるのではないかということだね」

「そのことも、申上げました。――いまのところはむろん、そういう証拠はございませんが、これればかりは、われわれはころげこんだ身の上で、ジェニュアの動きすべてを厳重に見張っているこことはできませんから……」

「まあいい。ともあれどうせここでは膠着状態になっているあいだに、だんだん国王軍の準備がととのってゆくばかりで、こちらからは何も抗戦のだんどりもできないし、守るには特に具合の悪いところだと考えていたからね。――そろそろしおどきだというのはまさに、ヨナのいうとおりだろう」

「恐れ入ります」

「心配しなくていい、リギア。ちょっとこのところ、不調で心配をかけてしまったが、ようやくここまで持ち直したし、もうめったなことで倒れたりはしないよ。どうも私がおそれていたのは、もしかして、これが――あまりにもちょうどよいタイミングで私が衝撃をうけるような出来事が続き、その上に夢見だのもろもろあって、こんなに体調を崩してしまったのが、これも――竜王の黒魔術でなければいいのだがと案じていたのだが。だが、万一呪いをかけられていたにしたところで、とりあえずはその最悪の時期は脱したようだ。もう心配しなくていい。じきに私が指揮をとれるようになるよ。あすじゅうにも」

「そんなに、お話になって、お疲れになりません？」

リギアは心配そうにいった。ナリスは首をふった。

「だいぶん、しっかりしてきたよ。まったくなさけないことだ。――こうして私が寝ているあいだにずいぶんとものごとがまた、後退してしまっただろうと思う。リギア、すまないが、ローリウス伯爵と、それにルナンとリーズたちに、ここへ半ザンのちに集まってくれるよう、手配をととのえてくれないか。こののちのことを話さなくてはならない。みなも私の具合のことを心配しながら、何もいえずにいただろうし」

「ああ、はい。ただいますぐ」

2

「ヨナ」

リギアとカイが出てゆくのを見送って、すぐにナリスはヨナに自分の近くに寄るように合図した。

「はい。ナリスさま」

「魔道師のタウロといったね」

「はい。リギアさまは、そのように」

「妙なことがあった」

ナリスはつぶやくようにいう。

「その者——確かにギールが、自分が密使にたって留守のあいだに、自分のかわりにといっておいていった魔道師には違いない。——ギールといえば、私がギールをつかわしたのはスカールのもとへなのだが——いったん返事をもって戻ってきて、またすぐに戻らせたので……いったん戻ってきたときにも、ただスカールの手紙を持ってきて、それに返事を書いてまたこれをと渡して——そのままゆかせてしまったので……覚えているね」

「はい、そのお返事は私が書かせていただきましたから」

「あのときには、忙しくて、とりまぎれて、そんなことはただすのも忘れていたんだよ。そのあともずっと忘れていた。どうでもいいことだと思ったからね」

ナリスは奇妙な表情でヨナを見つめた。

「その、タウロというものを……ちょうどギールが出かけたあとで、用をつとめさせようとカイにさがさせたら、見当たらなかったのだ。――それで、ほかのものを使ってそれで忘れていた。――そのあとにはもう、魔道師ギルドのもっとずっと役にたつものたちが入ってきたので、そんな下っぱの魔道師のことなど、わざわざ探したりはしなかった、ロルカとディランがわきにいてくれるようになったからね」

「はい」

「だが、私が以前に探したときには、その者はどういうわけか消息不明だったのは確かだよ……そのあと、べつだん私のほうも何も名指しで命じることもないままだったが――むろん、みなそうやって移動してきたのだから、ランズベール城からこのジェニュアへ――それにくっついてきたところで何の不思議もない。だが、いまになってなぜ突然リギアにそんな報告を？　それに、それなら、直接私のほうに報告してくるほうが自然ではない？」

「その前にもたしかナリスさまから、タウロという名前はおききした記憶がございます」

ヨナは考えこみながらいった。その聡明な目がかすかに細められた。

「確かにちょっと、何やらにおうものがございますね。――リギアさまはそれで、ジェニュアにはこれ以上いたら危険だとお考えになって進言においでになりましたので………わたくしが、ナリスさまはもうそのことはとくに計算ずみだということを申上げましたら、かなり驚いておられたようでございましたが」

「リギアは気楽でいいね」

一瞬、かすかに苦笑してナリスはいった。

「まあ、それだから武将などという荒っぽい職業がつとまるのかもしれないがね。だがあの悪魔のような――というよりも悪魔そのものかな――竜王を敵にまわして戦っている身としては、そんなふうに呑気にかまえているわけにはゆかない。私が心配しているのは、ジェニュアが裏切るだの、当然そうするであろうように母が私をレムスに売るだろう、などという次元のことじゃない」

「ええ。ナリスさまが案じておられるのは、このタウロがすでに竜王の手先で……これはまた、ジェニュアからナリスさまをこじり出そうとする竜王の――計略ではないかという……」

「そうだ」

ごく短くナリスはいった。だが、ヨナを見上げたナリスの目は、するどい光を放っていた。

「竜王は私をマルガで追い詰めてマルガからカリナエへうつらせ、カリナエから追い出してランズベール城に籠城させ――そして、ランズベール城からこのジェニュアへと追い立てた。――そのどこでも、本気になったら竜王はただちに私を本当に追い詰め、手取りにすることができたはずだ。それはもう、いまははっきりと私は理解している。だが、竜王はそうしなかった。——そのかわりに、私をもう、私の育ったふるさとであるマルガからも追い出し、私の唯一のすみかであるべきカリナエは彼の手中におち、そしてたてこもったランズベール城は炎上した……彼はそうやって、私をこのパロのどこにも行き場がなくなるよう、追い詰められ、本当に追い詰められてどうにもならなくなるようにと仕向けているとしか私には思えない。そして、私が本当にとことん追い詰められたときにおそらく彼は私を拉致してキタイへ連れ去るつもりだろう」

「………」

「だから、ね、ヨナ。——私が恐れていることは二つある。ひとつは、むろんごくまっとうな——これがすべて竜王の計略で、私が自分で転戦し、おのれの考えに従って動いているつもりで実は彼の思いどおりにあやつられているのではないかという、いつもいっていることなのだが、もうひとつは……」

「………」

「私が——もしそうだとしたら、私がカレニアに身をよせることで、カレニアが……何か大きな被害か、とりかえしのつかぬ迷惑をこうむることになったら——壊滅的な打撃をでも、うけることになったら——」

「ナリスさま……」

「カレニアの人々は勇猛で忠誠で、そして本当に誠実だ。こんな私がカレニア王という称号を持っているというだけで、つねに最も忠実にこんなところまでもどこまでもついてくれる。――それだけに、私には、かれらに、私ゆえにもし、ランズベール城――とリュイスと同じ運命を招き寄せることになったらと……アムブラにもそうなったように……私は、もしかして、私自身の存在していることが……母のいうとおり、間違いだったのかも、罪だったのかもしれぬ、と……」

「ナリスさま」

ヨナはゆっくりとさえぎった。

「それは、まさしく、そのようにナリスさまがお考えになるということそのものが、竜王の手にまんまとのせられ、動揺させられ、正しい御判断が出来なくなられているということだと存じますが」

「そう……だろうか……？」

「はい」

ヨナの声には一瞬のよどみもなかった。

「それに失礼ながら、それは――カレニアの人々の選ぶことでこそあれ、ナリスさまのお決めになることではございません。――カレニアの人々がもし、ナリスさまが身をよせておいでになったときに、おのれの身の安全のために――いまジェニュアがそちらにむかって動き出しているように――ナリスさまを拒むとしたら、それこそがカレニアの人々の選んだ結論であり……もしまたナリスさまをお迎えして《アル・ジェニウス》の歓声をあげるとしたら、そのときには、カレニアは、ナリスさまをおのが王として、その王とすべての運命をともにする、という誓いをかわしたのです。アムブラや——わたくしどもと同じく」

「………」

「ナリスさまは、いろいろお考えになりすぎます。……この世のすべてのものごとの責任をお引き受けになることはございません。私にしてもランにしても、またリュイス侯にしても、ナリスさまに命じられてではなく、自ら選んでナリスさまにいのちを捧げることを喜びとしたのでございますから。何もそれについてお考えになることはございません。ジェニュアがもしナリスさまをこれ以上おかくまいできぬと思うにしても、ラーナ大公妃さまがどのように行動なさるとしても、それもわたくしには、その人たちがそういう選択をした、というだけのことに思われますが」

「おお」

その、ヨナの淡々としたことばをきいているうちに、ナリスのおもてはふしぎなくらい明るくなった。ヨナのことばにはつねに、ナリスをそのように元気づけ、沈んでいた心をひきたてるふしぎな力が——他の誰にもない力がそなわっているかのようであった。

「お前はいつも本当に私を救ってくれるよ、ヨナ」

ナリスは微笑んで、手をさしのべた。ヨナはそっとその手をとった。

「ひとつだけ率直にきいてもいい？　お前は、ミロク教徒だろう？——ミロク教徒は、殺戮を禁じられている。いっさいの戦いをもだ。——もしも、お前が、私のかたわらにあって、私を殺そうとする敵がおしよせてきたら、お前はどうするの？」

「それはむろん、剣をとって、その敵をたおします」

　ヨナの声はいっこうに変わらない。

「ミロクの教えに背いても？」

「ミロクはまた、愛する者、大切な者を守れ、そのためにいのちをかけよ、とも教えておいでになりますから」

　ヨナは淡々と答えた。

「そののちに、そのことで私が苦しむとしても、それはまったく私の問題で、私がお救いしたかたの問題ではございません。ナリスさまのおそばについて学校をはなれたときに、すべてのありうる未来についての選択はすませてあります」

「そうか。——で、どうやって……ジェニュアを脱出しよう？」

「リギアさまにも申上げましたが、影武者を使おうと思います」

「影武者」

「はい。いくらかでもすがたかたち、年かっこうのナリスさまに似たものを——たぶん、女官のだれかということになりますでしょうが。男性では、とうてい……おぐしの長さはかつらを使わせるとしても、ことにいまこのジェニュアにお供しているような武人たちとは、骨格がもうあまりにも違いますから……その影武者をナリスさまの寝室において、のばせるだけ露見をひきのばさせつつ……ナリスさまを護衛してともかくジェニュアを出ます。——どのような口実で馬車を出すかはこれから考えますが、こちらは逆に、女官……いや、私はもっと腹黒い、と申しますか犯罪的なことを考えておりますが」

「何……？」

「ナリスさま」

ヨナがふっと笑った。

「ナリスさまは、御心配なさいますな。——おききになれば、ナリスさまはきっと、そんな非道なことをとおおせになります。——わたくしは正直申して、学者として、ミロク教徒としてだけ生きて参って、おのれの知性というものを、悪事に使ったことも、たたかいに使ったことも一回もございません。でも、人間、もっとも大切なものを守るためには、そのおのれの信条を守っておられぬときもございます。——私の知能で悪だくみをしようと思いますと、ずいぶんと、非道な、没義道な計略が思いつけるもので」

「ふむ」

ナリスは興味ありげに笑った。

「なんとなく、あれかな、それともこうするのかな、とちょっと予想がたってきた気もするけれど——だが、それではもう、このことは、お前にまかせてしまっていいの？　ヨナ……」

「よろしゅうございます。お引き受けいたしましょう」

「ミロク教徒のお前をこんなことにまきこんでしまってすまないね」

「それはさきも申しましたようにわたくしの問題にすぎません。ナリスさまがお心にかけられる理由はすべての論理にてらして、まったくございませんから」

「論理——真実」

　ナリスはかすかに笑った。

「お前は、なんとほかの人間たちと異なっているのだろうね。——そのことで、淋しいと思うことはないの？　私は、お前に会ってはじめて、私のように思考する種類の人間というのも、この世に私ひとりだけではないということがわかったのだけれど」

「淋しいと感じたことは特にございません。それに、いまは特に、そのようなことを感じているいとまもございませんね」

　ヨナはうすく笑った。

「それでは、少々、ナリスさまのお気にそまぬような手荒なこともいたすかもしれませんが、万事だんどりをこのヨナにおまかせ願えますか。でしたら、さっそく、ナリスさまがジェニュアを無事脱出なさって、カレニアにお入りになれるよう、万事の段取りをととのえます。——ナリスさまには、当座——わたくしがまたもういっぺん、この段取りをすませたと申上げるまで、していていただきたいことはただ、いつもどおりにしていていただくことだけです。何も異変や心のかわるきっかけがあったとけどられぬように。といってまったく何も気づいていないとかえって不自然です。むしろ大僧正たちに、母上が何かいわなかったか、とおもてだってさぐりをいれてごらんになったりしたらよろしゅうございます。ナリスさまほど明敏なおかたが、ジェニュアの裏切りの可能性を計算にいれてない、と思うと、かえってジェニュアは不気味に感じてかんぐりましょうから」

「ああ、そうだね。そのへんの芝居はうまいものだよ。まかせておいて――それに、さっきいった、タウロのことは……」

「はい。それも忘れぬようにいたします。でもどちらにせよ、ジェニュアにもかなりの数、竜王の密偵は入り込んでいるだろうということは、私はかねがね疑っておりませんから……それで、私の考えは、まず味方をあざむくことからはじめる、ということです」

「まず、味方をあざむくことから……」

ナリスはそれをきくと、わが意を得たように笑った。

「それでこそ、ヨナだ」

ナリスは云った。

「お前のそういうところが、私は好きだよ。好きというより、理解できる、といったほうがいい。――大丈夫だよ。私のほうはみかけよりはずいぶんからだがしっかりしてきた。もう、ちょっと強行軍になっても大丈夫だと思うよ」

「そう、ご期待しております」

ヨナはつぶやくようにいった。

「ともかくまずは、ナリスさまのおからだがもっていただかないと」

そのような、密談がかわされたことは――

しかし、当然のことながら、ほかのものたちは誰一人として知らなかったであろう。

ほとんどかたときもナリスのかたわらをはなれぬカイも遠ざけられていたし、リギアがルナンたちを連れてもどってきたときには、もう、すべての密談はすんだかのように、ナリスとヨナはまったく普通のようすに戻っていたし、そこでは何も二人がかわした会話をしのばせるようなことばはかわされなかった。ジェニュアでのナリス軍はナリスの体調が悪かったこともあって、ちょっとした膠着状態の停滞状態を示しはじめていたが、それは逆にクリスタル・パレスの国王がたもまた同じことであった。そちらからも、何も特にかわった動きがあるという報告はなかった――それはかえって、ヨナとナリスなどには、あまりにも国王がたが動きがなさすぎる、しずかすぎる、というのは多少の不安をそそる材料であったが、これはいわばこちらから仕掛けていったいくさである以上、こちらが動かぬときには、そちらは相手が動くのをただ待ってようすを見ているしかないのかもしれない、という可能性も考えられないわけではなかった。また国王軍のほうが兵力ははるかにまさっていたから、いざとなればいっせいに動き出してひともみにもみつぶせると甘く見ている――そうも、キタイの竜王うんぬんの事情など知らぬものの目からは見えたかもしれない。それよりも、パロ国王にとっては、聖域ジェニュアに軍をすすめることでの、ヤヌス大神殿の反発や、それが国内世論に及ぼす影響のほうが問題であった。

この当時のことであるから、世論などといっても、現実の軍隊の力を持っている支配者のまえにそれほどの影響力をもっているわけでもありはしないが、中原ではもっとも文明国のほまれを誇るパロでは、それでもほかの国々よりはずいぶんと、国民の声、世論というものが力を持ってはいる。それに、パロがほかの国ともっとも異なっている点は、パロが祭政一致の宗教国家であり、パロの王家だけが「聖」の文字を冠されている由来が、パロの王家はヤヌス大神によってパロの統治権を認定された、神の使徒である、とかたく信仰されているところにある。

それゆえに、つねにヤヌス大神殿はパロにとっては、きわめて大きな力をもつ存在であり、大祭司長は必ず王族がなる、という伝統が長いあいだ守られていたのも、パロの王権はヤヌス大神から直属のものである、というところからきている。最近ではそれもかなり乱れてきて、現在は大祭司長はアルシス王子死去以来空位となっているし、王族からでない祭司長もいなかったわけではないが、しかしパロの王権はヤヌス神殿のバックアップのもとにある、という状態はかわってはいない。

だからこそ、ナリスもジェニュアに頼ったのだし、ジェニュアにナリスが入ったのちに、ぴたりと両軍の動きがとまったのは、この、ヤヌス大神殿勢力に対する国王側の敬意、あるいは気づかいをぬきにしては考えられぬはずである。もしも国王軍がジェニュアとヤヌス大神殿を抹殺するような暴挙に出た場合には、おそらく、パロの国民は誰ひとりとして、すでにレムスのことを「パロ聖王」とは認めなくなるだろう。なぜなら、パロ聖王位とは、ヤヌス大神殿によって戴冠されたものなのだから。

それらの裏の事情があるゆえに、この停滞状態は一種の小康状態でもあったが、だが、それだけにもしもジェニュアがナリスを切ろうと決意すれば、ナリスはもはやどうにもならぬところまで追い詰められるだろう、というのも確かすぎるほどに確かなことであった。レムスに対する世論は同様にいつなりと、ナリスに対する世論にもなりうるのである。そしてヤヌス大神殿はその世論をかなり左右できる影響力を持っている。この内乱はあるていどまでは情報戦になるだろうと読み切ったナリスは、あらかじめ用意しておいたおのれの主張を告げるチラシや、布告、あるいは魔道師たちを使ってアムブラ経由でクリスタル市民たちにおのれの無実と、この内乱の本当の目的を訴える広告をうつのにかなり力を使っていたが、それはレムス側も同じであった。アルカンドロス広場に出される、聖王レムスの名における一枚の布告は、ナリスがまくかなりの数のチラシと同じくらいの効果をクリスタル市民にたいしてあげているだろう。ナリスがカレニアにひっこんでしまえば、そのクリスタル市民の世論へのナリスの主張の効果はぐんとうすれるのも確かではある。

だが、もはや、このままにしておられる時期ではなかった。

「クリスタル・パレスのほうは特に動きというほどのものは、昨日にひきつづき、ございませんが……」

ロルカからも、ディランからも、あちこちにはなった斥候からさまざまな報告がよせられてきている。ようやく謀反の総大将たるナリスが起上がって報告をうけられる状態になったということで、どの部隊も、どの武将たちも指示を求め、報告をかかえて待ちかねている。ナリスには、ゆっくりと予後を養っているゆとりもあたえられはしなかった。

「ただ、少々気になるのは、ランズベール城で討ち死にした将兵の死体はすべて、聖王宮内に運び去られました。――あれが万一にもゾンビーとして用いられることはないかどうか、それはひきつづきようすを見ないとわかりませんが、ありうることとして考えたほうがよいように思われます」

「レムス国王は、ふたたびアルカンドロス広場に布告を出し、謀反人、逆賊アルド・ナリスに好意的な言動をとり、またアルド・ナリスに便宜をはかるような行動をしたものはすべて逮捕、投獄するとの布令をあきらかにいたしました。――ジェニュアに対してもこのよしを告げる国王御名御璽の正式の書状が届けられ、ジェニュアの大幹部たちはただちに会議に入ったそうでございます」

「国王はさらに、国王騎士団二個中隊をさしむけて、アムブラをナリスさまにお味方した疑いで完全封鎖し、すべての橋を監視下において、なんぴとたりとも無断で通行できぬ体制をかためました。――また、ランズベール城のおちたあと、北大門も当然きびしい警戒下におかれ、クリスタル・パレス全体が、国王発行の通行手形をもたぬかぎり出入りできぬよう戦時下の警戒体制に入っております」

「ベック公はクリスタル・パレスの御自宅にお戻りになっていられるようですが、その後国王から、ベック公への、ナリスさま征討の命令が出たようすはありません。——ベック公は、お戻りになってから、二回ほど国王と面会に聖王宮へのぼられましたが、比較的すぐに御自宅へ戻られ、ベック公騎士団も何の動きも見せておりません」

「ただ、ひとつ大きな動きとしては——マール老公が、ナリスさまにお味方した疑いで、御自宅に禁足状態となり、マール公騎士団は全員、いったんタラント聖騎士侯の指揮下にくみこまれることになりました」

「カリナエから聖王宮に連行されたひとびとはそれぞれに、ネルヴァ塔やほかの塔に投獄されたようすです。ただ、スニとデビ・アニミアは、リンダさまのお身の回りの世話をするように、ということで、リンダ大公妃殿下のもとに連れてゆかれたようだ、と魔道師からの報告が入っております」

「そうか……」

それらはしかし、ナリスには、さしたる進展を示す情報でもなかった。つまるところは、何も状況はかわっておらぬ、ということをしか、意味してはいなかったからだ。リンダの情報は多少注意をひいたが、それも、釈放される見込はまったくない以上、少しでもリンダが馴染んだスニやデビ・アニミアに世話されて、監禁されたままの生活がつらくないように、少しでも心がなごめばいいのだが、というていどのものでしかなかった。

「聖王宮周辺は依然としてきわめてつよい結界のなかにとじこめられております」

むしろ、魔道師たちからの報告のほうが、ナリスの注目をひいた。

「いっときいくぶん弱まっておりましたが、その結界もまたいちだんと強化され、なんと申しましょうか非常に閉鎖的な空間が聖王宮を中心に結成されております。おそらく、中にいるものはわかりますまいが、外からきたものはこの結界に入る段階でかなりつよい衝撃をうけるのではないかと思われます。——また、これはカロン大導師の霊視によるおことばですが、聖王宮を中心として、非常につよい《気》が渦を巻いており、それはなまはんかな魔道ではとても破れるような結界ではないそうです。——それはしかし、一見してわかる《守り》の気であり、攻撃にうつろうとする気ではないようだ、ともカロン大導師は申されておりました」

「ふむ——」

「また、レムス国王は正式に、アルミナ王妃の懐妊を国民に公表されました。——出産の予定は半年後だということです。この子供についても、カロン大導師は、結界のせいで透視できぬが、かなり危険な何かを感じる、ということでございました。——魔道師ギルドに対しては、国王は完全に、無視のかまえに入り、おもてだってはそのように公表はせぬまでも、ほぼ完全にナリスさま側についた、とみなしているものと思われます」

何かがいよいよ最終的に動き始めようとしている、だがまだそれはその時期になっていない——それが、カロン大導師の予言であった、ということであった。

3

奇妙な、つよい緊張を底にはらんだ時間が刻一刻と流れていた。時はにわかにその濃密さ、密度を増したかのように思われ、そして誰もが——国王がたであれナリス軍であれ、アムブラからナリスに心をよせて参戦した市民軍であれ、またジェニュアの僧侶たちもクリスタルの一般市民たちも、この内乱にかかわったパロにすまいしているものすべてが、（まもなく、何か大きな変化、爆発がおとずれるだろう）と予期しているかのようであった。

それはたぶん、あまりにも、ランズベール城炎上、という急展開のあと、沈滞した時間が人々の予想を裏切って続いたせいであったかもしれない。沈滞のあとには爆発が、いっときの小休止のあとには急激な変化が当然続いてくるものと人々は予想したし、沈滞と休息とはただ、その次によりいっそう巨大な爆発を招くための準備期間にしかすぎない、とはっきりと感じているものも決して少なくはなかった。

また、たびかさなる国王側と、ナリス軍からの双方の告知、公報合戦になんとなく、（この内乱は、どうもこれまでのそれとは何かがかなり違っているようだ——）という気持をもつようになった者も、多いようだ。最初は、アルシス-アル・リース内乱のなりゆきをこのアルド・ナリスの反乱にかさね、親子二代にわたる反逆者となったアルシス王家のふしぎな運命などを慨嘆したり、詠嘆したりするものがいたとしても、そののちの内乱のようすの推移——ことに、アルカンドロス大広場でのあのぶきみな怪物兵士の登場、というおどろくべき事件にあって、相当に、この事変はアルシス-アル・リース内乱とは様子を異にしているようだ、と実感することになったはずであった。

あの竜頭の騎士たちによる虐殺の話は、クリスタル市内にもいろいろと伝わってはいたが、あまりにもとてつもない話であるだけに、なかなか、ひとびとはそれをどうとっていいのかわからずにいた——ことに、アムブラに近いひとびとや、アムブラと同じような階層のひとびとはわりと素直にこのおどろくべき怪奇話を信じて、それをレムス国王がクリスタルの人人にむかって放った、ということに恐怖を感じ、（やはり、レムス陛下は本当に、ナリスさまのおっしゃるとおり、もうもとの陛下ではなくなっているのではないか？）ということをなかば信じ始めていたが、逆に教養のあるひとびと、身分や金のある、もっと上の階層のものたちほど「そんな、ばかなことが」と、この事件を頭から否定する方向に走りがちであった。

なんといってもことはあまりにも空想的で、これまでパロの人々が想像したこともないようなことばかりであった。国王が、げんざいの国王がはるかな東方の大魔道師である怪物にのっとられ、あやつられ、傀儡と化しておのが国をあやうくしようとしている、というナリスの主張にせよ、また、アルカンドロス広場にこともあろうに竜頭の怪物があらわれて、騎士のなりで人々を追回し、虐殺した、というその報告にしたところで。教養と身分のある、あるいは宮廷にも出入りするだけの資格をそなえた人びとは、それを、「またしても陰謀家のナリス公が、いやしい、無教養で怪奇話でもなんでも信じるアムブラの民をけしかけて、こんなふうなきわどすぎる荒唐無稽の誣告をおこなっている」というふうにとるものも多かったし、そもそも自分たちが東方の魔道師の傀儡と化した国王に仕えている、などと考えることさえ拒否するものもたくさんいた。かれらのなかには宮廷に出入りできるものも多かったので、それらは自分の見たクリスタル・パレスが「何ひとつ、いつもとかわった様子はないし、こんな大乱がおこっているのに、陛下も御側近のかたたちもいたって落ち着いておられる」ことをもって、すべてはアルド・ナリスのあまりにも頓狂なたくらみであるとした。「いまの、文明の世のなかに」と声をあげるものもたくさんいた。かれらの考えでは、そんな、竜の頭をもつ残忍な怪物たちだの、キタイの竜王だの、それにとりつかれた国王だのというものは、大昔の、神話時代の出来事でならありえても、このいまの、赤い街道の交通網も、情報網も発達し、科学もずいぶんと発展してきた文明開化の御時世に、大のおとながおもはゆがることもなく口にするような事柄とは思われなかった。

「いくらなんでも、ナリスさまはやりすぎだ」

そのように考えるものたちは、そういってナリスを批判した。かれらからは、ナリスが、どのような手段をとってもレムス国王の評判を地にひきずりおろし、いやしめ、それによってパロ国民の知性そのものをもはずかしめようとしている、というようにとれたのである。

「我々が、そんなとてつもない奇想天外な話でさえ、ああそうかと信じ込んで国王に剣をむけるほどにも馬鹿で知能がないと、大公は信じようとしているのか」

というのが、かれらの過激なものの言い分であった。

「じゃあ、リンダ大公妃さまが軟禁状態でおられることについてはどう説明するのか」という、ナリス側につくものの告発については、国王がたにくみする市民は、「リンダさまはべつだん、軟禁されているわけではない、アルミナ王妃さまの身辺の御面倒を見るために王妃宮に滞在されているときいている。そのことをも、悪賢い大公が国王にまつわるすべての出来事を国王の評判をさげるためにねじまげているだけだ」と主張した。が、そのリンダがもうかなりのあいだ、これまでそんなことは一回もしたことがないのに病身の夫と別行動をとって、まったく人前にすがたをあらわしていない、ということについては、どう解釈するのか、と追及されると、かれらは、それはリンダが、反乱をおこし実の弟に叛旗をひるがえした夫に見切をつけて、離婚はできぬまでももう永遠に別居するつもりで弟のもとに戻ったのだ、すなわち、夫と弟のうち、弟のほうを選んだのだ、というふうに答えるものが多かった。むろん、それも、もしそういうことがあったとしても、あの忠実な大公妃が夫よりも弟を選んだとしたらそれは国王がたのマインド・コントロールでそう思い込まされているのだ、と、ナリス側につくものは当然主張したが。

いずれにもせよ、ことの本当の正否、真偽については、誰もはっきりと答えられるものがいなかった。聖王宮のなかでいったい本当は何が行なわれているのか、誰も知り得なかったのと同様、ランズベール城の炎上をあとにジェニュアにおちのびたナリスのこののちの計画についても、誰もはっきりとした予測はたてられなかった。アルカンドロス広場でいったい本当は何がおこったのか、についても、ランズベール城の突然の炎上、落城はどういういきさつであったのかについても、一般市民にしてみれば、あれこれと推測するだけで、どうしても本当のところをはっきりとさせることはできなかった。それに関係していた騎士たちは、すでに死んでいるか、ナリスのもとに落ち延びたか、あるいはとらわれて獄中にあるかしたし、そうでない国王がたの者はまた、次の命令をうけるまでじっと待っているだけで、何ひとつ口を割らなかったからである。このようなことについては、国王の公報も告知も何も詳しい情報を語らなかった。

ただひとつ人々が知らされているのは、アルド・ナリスが反乱をおこし、そしてカリナエを捨ててランズベール城に籠城し――そして、そのランズベール城が落城してランズベール侯以下ランズベール騎士団の半数が戦死した、ということだけであった。そしてアルド・ナリスがジェニュアにおちのびてげんざいはジェニュアのヤヌス大神殿に頼ってさらに戦いを続けようとしている、ということだ。さらにもっとはっきりしているのは、アムブラが、地区をあげて、ナリスの傘下に入ったことであった。

アムブラはほとんど無人の地区となっていた。アムブラからはほぼすべての成人の男女はすがたを消し、残っているのはどこにも行き場のない老いぼれや病人、怪我人やからだの不自由なものばかりであった。子供たちは親がどこかに連れ去ったり隠したりしてしまっていた。そして、そのアムブラに、「夜な夜な竜の頭の怪物がうろつきまわり、女子供を見付けると聖王宮に拉致していってしまう」という奇妙なひそやかなうわさが流れていることも、他の地区ではよほどの情報通でなければ知らなかった。アムブラでは、居残った誰もがもう、日中でさえよほどよんどころない用事がなければ一切外に出ようとしなかった。それに、アムブラはもともと孤立した中州の地区である。そこにゆくには通らなくてはならぬいくつかの橋はみな、国王の軍勢にきびしくかためられ、その目にとがめられずにほかの地区へわたることは不可能なような状況になっていた。だが、それ以前にもう、ちょっとでも戦える者はみなアムブラを捨て、あるいは別のところへ逃亡していってしまっていた。いまのアムブラはほとんど、ただの廃墟、人影もないゴーストタウンであった。

あちこちで奇妙な動きや奇怪なうわさが頻発していたが、それでいて、ふしぎな静寂と沈黙、重苦しい静寂をはらんだこんな小休止が、いつまでも続くわけはない——というのが、パロのひとびとの当然の結論であった。そして、どうやらこの内乱はけっこう長引くかもしれないと考えるものも出てくるにつけ、それをいかに商売に利用するかとか、あるいは難を避けてクリスタルをおちのび、平和そうなパロ南部へ避難するものもかなり貴族、豪商たちのあいだには出はじめていた。ギルドによって、国王がたにつくか、心情的にせよナリス側に心をよせるか、それがかなりかわっていたので、職種によって、事態の展開にはさまざまなちがいがあった。総ギルド長ケルバヌスは、一応ナリスがたでなくもなかったが、しかしあいまいな態度で、国王にも決してたてつくわけではない、というようなようすを見せていた。はっきりとナリス側についたのは魔道師ギルドであり、それゆえに、魔道師の塔の周辺十モータッド四方を、国王騎士団がひそかに監視を強化した、というもっぱらのうわさであった。

事態はいかにも魔道の王国パロの内乱らしい、奇怪でしかも入り乱れた虚々実々の様相を呈しつつあった。そして、それはしだいに、市民たちにとっては何が真実で何がどちらからのそう思い込ませようとする手練手管なのかわからぬようなありさまに入り組んできつつあった。こうしたときのつねとして流言飛語もきわめてさかんになりはじめていたし、だが誰も何が本当なのか知らなかった。各国列強がどちら側についた、というようなことについても、しきりとまことしやかなうわさが流された。だが聖王宮はきわめて重苦しい沈黙を守っていた——アルカンドロス広場に張り出される公報、布告、発表のほかはである。本来なら、パロ全土をあげての大喝采と歓声をもって迎えられるべき、「アルミナ王妃懐妊！」の告知もまた、奇妙な重苦しい沈黙のうちに迎えられたのみで、祝典や吉例の赦免がおこなわれるようすもなかった。それも奇妙といえば奇妙な話ではあったが、ことがこうなっているだけに、市民たちはそれほど不思議と思いもしなかったのだが。

ともあれ、一見、何ごともおこってないかのようにみえる日常のすぐ下まで、もう、ただちに噴出しそうなマグマがどろどろとうずまいていて、紙一重でたちまち暴れ出すだろう——それが、昨今数日来のパロ、クリスタル市周辺の情勢であった。ジェニュアがナリスを受入れ、ナリスの聖王戴冠を支持した、ということについて国王側は再々強い不満と怒りと抗議を表明し、そのつどジェニュア側は奇妙な、要領を得ない言い訳の書状を公表していた。

また、クリスタル市を去らずにとどまっている、身分のたかい市民たちにとっては、ナリスが「パロ聖王アルド・ナリス」を名乗った、ということは、かなりのマイナス・ポイントであった。それは、つまるところナリスが「やはり、そういう野心を持っていて、それでことをおこしたのではないか」という——「結局、王座が目当てだったのだろう」という反感をひきおこしたからである。大雑把にいって、ナリスに好意的だったのは魔道師ギルドとアムブラ及び下層市民、学生たち、労働階級であり、レムスを従来どおりの唯一の王として、ナリスをおそるべき簒奪者、謀反人とみなしたのは、王立学問所、及び貴族たちの大半と豪商の半数以上であった。

ともあれ、この停滞の状態がいくらも続くものでないことは、誰もが心得ていた。だから、騒擾にまきこまれることをおそれる者は、この沈滞のあいだを利用してとっととクリスタルから逃げ延びて安全と思われる郊外や近郊の小都市に避難したし、このさわぎを利用してもうけたり、立場をよくしようともくろむものは逆にここぞと居座っていた。そしてまた、なんらかの意味で義憤にかられたり、どちらかの陣営に強く心をよせたものは——特にナリス側にくみするものは当然、市民軍に参加するためにジェニュアに出かけていったり、国王側からの、発見したら厳罰に処する、投獄する、というきびしい通達にもかかわらず、ナリス軍のために何か役にたとうとジェニュアへの連絡をとったりしはじめていたのであった。

その、水面下でのざわざわという動きは、ある意味では、水がぬるみはじめる北の春に、そのいてついた氷の下でたくさんの生物が活発に活動をはじめる、その状態に似ておらぬものでもない。もっとも、四季いつでも温暖なパロにあっては、これはまったくのたとえ話、想像してみるだけの話でしかないのだったが。

しかしいずれにせよ、人々の見る目には、最終的にひとつの共通点があった。それは、「このままでは長く続くわけがない」ということであった。ジェニュアは宗教都市、というよりもヤヌス大神殿を中心とした門前町のようなものであり、何千人、何万人に及ぶ大軍を受入れて籠城、ないしそこを根城としたいくさの根拠地になりうるような場所ではない。そこにナリスが拠ったことは、誰しも、一時的なものであると考えたし、また、そうでなければジェニュアのほうがたまらないだろう、ということも誰もがわかっていた。ジェニュアはパロのヤヌス信仰の中心地として、たくさんの参拝客や観光客、巡礼をも迎える土地であるから、ほかの小さな町よりはまだしも食料の備蓄や、大勢の滞在者を受入れる用意はあるが、それも限りがある。それに国王は、次々とうつ布令のなかで、「クリスタルからの物品の搬出、搬入は、市大門にてきびしい検問をうける」というあらたな法律をさだめていた。これが何を意味するかもクリスタルの人々には明白であった。ジェニュアへの、食料や日常必需品、さらには人員の流出への警戒である。

むろん、クリスタル以外の土地からも、ジェニュアに運びこまれる糧食や武器、参加する人々はあろうが、基本的にパロの流通経済はクリスタルを経過している。クリスタルで物品がおさえられれば、かなりの部分は、ジェニュアへの補給線は封じることができる。

そうなれば、いずれジェニュアも、早々とアルド・ナリス派としての動きを見せたことに対して後悔することになるかもしれぬし、そうなったとき、ヤヌス大神殿という、パロでは絶対の権威のうしろだてをもつジェニュアがどのように行動に出るか――

それこそが、すべてのクリスタルの人々が、立場にかかわらず非常に注目しているところのものだった。いや、クリスタルだけではなかった。パロの全国民が注目しているところだっただろう。

さらに、また――

（カラヴィア公はいかに？）

（カラヴィア公アドロンは、どのように動く？）

それも、パロの国民たちのもっとも注目しているポイントのひとつである。

カラヴィア騎士団の半数が、公弟アルラン伯爵にひきいられ、すでに南のカラヴィアを発ってかなりクリスタルに近づいている。が、その地点で、おそらくはカラヴィア公からの命令により、カラヴィア騎士団はぴたりと動きをとめている。

はたからみればいかにもそれをいわばおさえるようなかたちで、その近辺に、サラミス公騎士団がのぼってきて、やはりぴたりと動きを停止している。カラヴィア公騎士団とサラミス公騎士団、それにカレニア騎士団、この三つの騎士団が、パロにとっては、クリスタル周辺に常駐する国王関係の騎士団すべてにつぐ、パロの大きな兵力を形成する地方軍隊である。

ことにカラヴィア公騎士団は人数も多く、その動静はパロ全体に非常に大きな影響を与えずにはおかない。

（アドロン公は、どのように動く――？）

カレニア騎士団はすでに、全兵をあげてジェニュアにかけつけ、カレニア王とあおぐアルド・ナリスの守護に入っている。

サラミス公騎士団もまた、かなり明確に、アルド・ナリス派である旗幟を鮮明にしている。ここで、もしもカラヴィア公がアルド・ナリスを正式にパロ聖王と認める、という言明を発すれば、おそらく、レムス国王の、現在の聖王である、という圧倒的優位は激しくゆらぎ、パロはまっぷたつに割れるだろう。また、そのさいには、双方の兵力はほぼ伯仲するかたちになるだろう。

（そうなれば――泥沼だ……）

（《二つのパロ》が生まれる……そうすれば、それこそ、過去にあったときく《百年戦争》の悪夢もくりかえされるかもしれぬ……）

これもまた、人々がおおいに、固唾をのんで注目するところである。が、カラヴィア公は不気味なほどの沈黙を守っている。カラヴィア公の愛息アドリアン子爵が、聖王宮で軟禁され、いわばカラヴィア公に対するに人質となっている、というような情報はむろん、クリスタルの町には流れない。カラヴィア公の沈黙は、事情のわからぬ町びとたちからは、どちらにつこうかと様子見をしている状態ともとれる。――かつてのアルシス－アル・リース内乱の折にも、カラヴィア公アドロンの去就が結局勝敗を決したのだ。

だが――

(アドロン公が、カラヴィアをたたれたそうだぞ……)

(おおっ！　では、いよいよ……カラヴィア公が動くのか……)

その、奇怪な、どこから流れ出すのかわからぬうわさも、ひそやかに町にまで流れ出はじめていた。

そしてまた、それは、どうやら本当であるらしかった。

「カラヴィア騎士団が動き出しました！」

その報告が、ジェニュアのヤヌス大神殿の、ナリスのもとへももたらされたからである。

「それが、クリスタル方面ではなく――いったんひたひたとアライン近辺まで北上してきていたカラヴィア騎士団二万五千が、全軍きびすをかえして、マルガ街道を南下し、マルガ方面をめざしています」

「マルガに入るつもりか？」

「いや……同時に魔道師の報告によりますと、カラヴィア公アドロン閣下は、カラヴィアの守りに一万五千を残し、一万の兵をひきいてカラヴィアを進発しました。おそらく、アルラン軍はこの、アドロン軍を迎えに南下したものと思われます」

「……」

アドロンの本隊と、先発のアルラン伯爵の軍が合流すれば、それはカラヴィア騎士団のほぼ七割に該当する、三万五千の大軍となる。

それにカラヴィア騎士団は剽悍の名をパロにとどろかせている。カレニア騎士団はきわめて勇猛であるが人数がはるかに少ないゆえ、それに匹敵するのはパロではただ聖騎士団だけだが、その聖騎士団は今回の内乱においてはいくつにも分裂し、すでにナリスにくみして戦っているルナン、リーズ、カルロス、リギア、ワリスらの聖騎士侯、聖騎士伯たちと、国王の命令のもとにそれへ追討の刃をむけているマルティニアス、タラントら、そしてまた、自宅にこもって傍観――というよりも、どちらにもつけぬという苦衷を表現しているかのように思われる、聖騎士団の長老格ダルカン、ダーヴァルスら、さらには動きを見せてはいないがややナリス寄りと思われるミースやルシウス、やや国王寄りと見られるタルス、領地に引っ込んでどこまで騒擾を知っているのかさえさだかではないアウレリアス、など実にさまざまなそれぞれの立場を固持している。本来なら、ダルカン、ダーヴァルス級の聖騎士侯が、聖騎士団全体のまとめに立たなくてはならぬところだが、もともと体調のすぐれぬのを云い立てて退隠を願い出ていた老ダルカンはともかく、いまの聖騎士団のリーダーたるべきダーヴァルス聖騎士侯などが、一切聖王宮にもなんらかの動きを示そうとしていないのが、いかにも、聖騎士団の苦悶と苦衷を思わせる。

だが、聖騎士団を最終的に統轄するのは、パロ軍総司令官ベック公爵であり、ベックが無事クリスタルに帰投した以上、ほどなくベックに対して進軍命令、アルド・ナリス追討の勅令が下されることは避けられないだろう、というのが、大半の見方であった。そして、ベック公が総司令官、パロ軍大元帥としての立場において命令を下せば、聖騎士団は否応なしに、すべての団員がその命令に従うか、あるいはおのれの信ずるところに従って国王の命令をうけて出動する大元帥の指揮下から離脱し、反逆者にくみすることを選ぶかをよぎなくさせられるだろう。

そのときこそ、ランズベール城の悲劇があってさえなおいまだ前哨戦にすぎぬ、こぜりあいが続いたにすぎぬこの内乱が、本当の、パロをまっぷたつに引き裂く大戦に発展する瞬間だろうと誰もが感じていた。だがそのベックはまた、クリスタルに帰りつき、聖王宮に登城したのちは、ベック公邸にひきこもり、これまた何も動きをみせておらぬ。

もっとも、ベックが帰ってきてからはまだ二、三日にしかすぎないが、それにしてもいくさの最中とあってみれば、二、三日あれば情勢がひっくりかえるには充分でもあるのだ。

(ベック公やいかに——)

(カラヴィア公アドロンの去就は?)

(諸外国の干渉はあるか?　介入は?)

(新ケイロニア王の誕生で意気さかんな北の最強帝国ケイロニアはどう出る?　クムは?　あやしい新勢力となったゴーラ帝国のイシュトヴァーン新王はどうする?——沿海州は——草原は、アルゴスは——黒太子スカールは……?)

軍人ならずとも、この情勢にはあまりにも興趣をそそられずにはいないところであった。しかもそこに、中原のみならず、謎めいたはるかな東方のキタイが、あまりにも奇々怪々なからみかたをしている、というのだ。

（もしも、キタイからの遠征軍までもが、中原にすがたをあらわすことになったら……）

そのときこそ、中原の歴史は、はじまって以来いくたびとはなかったほどの大転回点、あるいははじまって以来の大危機を迎えることとなるだろう。

もはや、この内乱は、アルシス王家とアル・リース王家の確執、などという由来をはるかに超えていると誰もが感じた。そこにからむ奇怪な竜人の影にも、気づいている烱眼なもの、ナリスの言挙げを素直に信じて恐怖と怒りにもえ、パロを守らんとのぞむもの、さまざまな者がいたであろう。

いずれにせよ、それは、三千年の王国パロが、ひさかたぶりに迎えた、内部からの、そして全世界にさえ及ぶかもしれぬ大戦乱と大波乱の危機にほかならなかったのだった。

えてしてそんなものであるように、それらのざわざわと波立つ水面をよそに、本当の嵐の目はひっそりとしずまっているものだ。

だが――

4

ジェニュアへは相変わらず、ひっきりなしに伝令が出入りし、魔道師たちが結界を張り、そしてナリスは巨大な謎めいた大蜘蛛のようにヤヌス大神殿の地下にひそんで、身動きのできぬそのからだからは想像もつかぬほど次から次へと、各方面へ――パロだけではなく、全世界のすべての方面といっていいくらいすべての方面へむけて、親書、密書、密使、公的文書を繰り出して、すわったままでできるあらんかぎりの陰謀をたくらんでいた。同時にひっきりなしに各種のチラシ、広報、告知、情報がジェニュアからクリスタルにむけて送り出された。情報戦においては、魔道師ギルドを味方につけ得たナリスのほうが、ややうわてのように見えた。ナリス側は次々と、新しい情報をのせたチラシや告知をクリスタルの要所要所に送り込んでいたが、聖王宮は、もっぱらアルカンドロス広場の告知板にその告知を頼っていたからである。もっともそちらも、大勢のものたちが毎日、毎時のようにチェックにあらわれては口コミでひろめていったから、情報の伝播の速度においてはそれほどひけをとることはなかったが。

しかしいずれにもせよ、ナリスがパロ国民に告げようとしていることは、あまりにも空想的であり、さしものパロ国民にも「アルド・ナリスともあろう英雄、知将も、ついに精神に異常をきたしたのではないか」という疑いを完全に抱かせずにすむわけにはゆかなかった。ナリスはそれはわきまえてはいたが、途中からは、もっと確実にパロの人々に訴えるであろうアルシス－アル・リース内乱のおりの私怨を持出すことは避けて、ひたすら「レムス王はキタイの傀儡である」という点と、そして「リンダ大公妃の軟禁、幽閉」に煽動のポイントをしぼりこんでいた。そのことで、人々の賛同を得るのが若干難しくなるとしても、彼が最終的にあおりたいのはその点であって、逆にもっともいとうていたのが、「兄弟の王子の王座争いの私怨を、その子供どうしでいままた解決しようとしている」という、いわば因縁話めいた印象だったからである。

ジェニュアとクリスタルのあいだの街道は、ちょうどまんなかくらいのところで封鎖され、ナリス側についた聖騎士団が入れ替わりで守っていた。それからかなりの距離をおいて、ほとんどクリスタル市門に近いあたりに、レムス側は国王騎士団をおき、これはさほどの人数ではなかったがかなり厳重にクリスタルからの出入りを検問していた。だが、ジェニュアに入る道はたくさんあったし、そちらのほうはすべてそうして国王軍がおさえて検問体制をしいているわけではなかったから、クリスタルからジェニュアへの連絡の方法は残されていないわけではなかった。それにどのみち、クリスタルへはたくさんの魔道師たちが入り込んでいたのである。

ナリスがジェニュアに入ったことで、布陣として少々微妙になったのは、ジェニュアはもとよりクリスタル市の北側郊外の小都市であり――そして、サラミスもカラヴィアもクリスタル以南の地方であること――つまりは、クリスタル市そのものが、ナリスとサラミス公騎士団、いまだ旗幟がそこまで鮮明ではないまでもカラヴィア騎士団という二大勢力とのちょうどまんなかに割ってたちはだかっているようなかっこうになっていることだった。国王はそのあたりは意外に機敏に立回り、ケーミとそしてロードランドのあいだにそれぞれ、きびしい検問線をもうけていた。マルガからアライン経由でクリスタルをめざすマルガ街道はそのかぎりではなかったが、それも、要所要所にきびしい見張りはたてられていて、逆に大人数の検問がおかれていないところが、ワナを思わせた。むろんイーラ湖を船でわたり、ダーナムからクリスタルを通らずにジェニュアに入るルートや、北西のはずれエルファ街道経由でシュクから南下してジェニュアに入るルートなどもあることはあるが、エルファ・ルートはきわめて遠回りであり、イーラ湖をわたるルートは小人数ならともかく、大部隊の騎士団などをわたすにはとうてい間尺にあわない。ジェニュアにたてこもったことで、ナリスはとりあえずクリスタル・パレス圏内から脱出して、当面の根拠地を得たわけだが、しかしそのことで逆にサラミス軍、カラヴィア軍とは切り離されたかたちになっている。

ジェニュアはヤヌス大神殿という特殊な背景を持っているので、国王もむげに全力をもってもみつぶすわけにはゆかぬ、という意味では、それはいかにも策謀家のアルド・ナリスらしい、巧妙な選択であったし、その時点ではたいへん兵力も少なく、追い詰められていたナリスには唯一可能だった方策ともいえたが、同時に、そのかわりそこに入ってしまったことで膠着状態がひきおこされ、ナリス自身も一面非常にこののちの動きがとりにくくなった——ナリスがおそらくこののち必ずおのれの本拠として選ぶであろう彼の主たる領地カレニアにむかうにも、非常にクリスタルを突破しづらくなった、ということがいえるというのが、情報通の見方であった。当然、ナリスがいずれジェニュアからカレニアへの移動を開始するであろうと予想をつけて、国王側はパロ北部からカレニアにむかう各ルートの要衝をすべておさえるだろうことが明らかだったからである。また、カレニアはサラミスとカラヴィアにはさまれている。サラミス公領はナリスにつくことが明らかであるとしても、カラヴィア公の動きしだいでは、逆にナリスがカレニアに拠ることさえも、カラヴィア軍と国王軍とのはさみうちにあう可能性もあるのだ。

(じゃあ、どうなるんだい、ナリスさまは)

(そうなりゃあ、大変だからな。それはどうしても、アドロン公を口説きおとすのにいのちがけだろうが……それは国王様も同じだろうしな)

(それよりもいいことがある。ナリスさまが、アドロン公が去就を正式に決めて動き出すよりも早く、自分のいまジェニュアにいるってことの有利をうまく使えれば……)

(というと、どういうことだ、それは)

（ジェニュア以北をおさえ、そのまま——その北をうしろだてにとることができればね。今度は逆にナリス軍のほうが、ジェニュア以北からの勢力と、そして南から北上する兵力とに、国王軍をはさみうちにすることができるってわけだ）

（ええッ……だが、ジェニュア以北ったって、もう、すぐその北は国境だぞ。ケーミ、シュク、そして……）

（その先には何がある）

（そりゃ、ワルド山地だ。自由国境地帯のワルド山地だ）

（そしてその先には）

（そりゃや、お前、ワルスタットだろう——ワルスタット!?）

（そういうことだよ）

（それは、つまり……ケイロニアをうしろだてにして、っていうことか、お前のいいたいのは……）

（ほかに、どうしようがある。——カラヴィア軍とサラミス軍がもし全面的にナリス軍に入ったとしたって、やはり国王軍は国王軍だ。ベック公があちこちの軍隊全部に号令をかけて集結させれば、兵力的には結局ナリス軍より多くなるだろうし、それにナリスさまはやはりあのおからだなんだしな……）

（だが、ケイロニアがたつかな）

（あの国は、世界最強だが、そのかわり、外国内政不干渉主義を徹底的に貫いてるぞ……）

（だから、ケイロニアがもし動けば……歴史はかわるだろうさ……）

人々がそうささやきあうのも無理はなかった。

パロの北国境、シュク地方から、けわしいといってもいくつもの街道が貫いているワルド山地をこえればそこはもう、国境のワルスタット、ワルスタット選帝侯ディモスがおさめる、ケイロニアの南端である。

そして、そのうしろには、広大にして強力無比なる、十二選帝侯領にぐるりと守られ、最強の十二神将騎士団を擁する大帝国ケイロニアがひろがっている。いまやどこのどのような国家でも、「世界最強最大」と認めるにやぶさかでない、富裕にして勇猛、鉄壁の守りと圧倒的な兵力、すべてをそなえたケイロン帝国が。

そして、そのケイロニア帝国にはいまや、豹頭のケイロニア王グインという、伝説的な守護神が生まれ、いっそう帝国の意気はあがっている。

（ケイロニアが動けば……それは、いかなレムス王でも……まったくひとたまりもないだろうな）

（それはもう……あまりに力が違いすぎる……第一もともとの兵力だって違っているのに、そもそも一人一人の兵の勇猛さも、体格もまるで違うんだぞ）

ケイロン民族は、華奢ですらりとした、文化的なパロ民族にくらべて、ちっぽけなクム犬と、巨大で勇猛なタルーアン犬が違うほどにも、体格もその武辺の気性も違う。その上に、同じ尚武の国といっても、モンゴールのような新興国ではなく、長いあいだ守りぬかれてきた帝政によって、伝統と誇りをつちかわれ、よくよく鍛えられた、まさしく世界最強の軍隊なのだ。南のワルスタット、サルデスなどには、かなりパロの血も流入しているが、しかし北の血と混じると、体格的にははるかに雄渾となる。長いケイロニアの歴史上、一度たりとも、十二神将騎士団全騎士団が出動しなくてはならぬような危機に追い詰められたこともなく、十二選帝侯騎士団すべてが戦闘に入るような侵略を許したこともない、というのが、ケイロニア帝国の誇りだ。げんにケイロニアの十二神将騎士団四つで、人数だけでもおそらくはパロの全兵力——ナリス側か国王側か、地方騎士団か中央騎士団かをとわず——を集めたものにかるがると匹敵するだろう。

(ケイロニアが動けば……)

(だが、ケイロニアは動くまい)

(いや、外国の内政不干渉主義といったところで、それは……自国に被害が及んでくればまったく別だ。現に、さきごろだって、そのケイロニア王グインがまだ将軍のころ、二度にわたるユラニア遠征に出兵している)

(だがあれは事情が違う——皇女シルヴィアの誘拐とか、皇弟ダリウス大公をユラニアがかくまったとか——むしろケイロニアにとっては内々の事情のほうが強かったはずだ。今回はまったくの——これはパロだけの問題なんだから……)

(だが、そこをもし、『これはパロだけの問題ではない、中原全体の問題だ』と、ナリスさまが例のあの弁舌でうまくグイン王をときつけられれば……)

（そんなことは無理だろう。いくらナリスさまでも……第一、ナリスさまはあのからだだし、ジェニュアから動けない。グイン王のほうからジェニュアまで出向いてくるわけなんかないんだし……）

（だが、ナリスさまは当然、ケイロニアをうしろだてにひきこむことは考えておられるはずだ……）

それもまた――

しかし、所詮はしもじもの岡目八目というべきか。大ケイロニアが立つやいなや、ナリスが大ケイロニアをうしろだてにつける秘策はありやなしや、それもまたすべてはかれらとはかかわりのない、雲の上のやりとりやおもわくでしかありえないのである。

（ところで……最近、ヴァレリウス宰相の動静の話が全然出ないけど……）

（いったい、どこで何をしてるんだ？）

（そりゃ、ああして一緒に寝返ったからには、当然ナリスさまにくっついてジェニュアにいるんだろう、参謀として）

（それが、そうでもないみたいだ。これはあるスジからきいたうわさ話なんだが、ヴァレリウス宰相はジェニュアにはいないらしい）

（なんだって。じゃあいったいどこへいったんだ？　いまもうどこかへ密使としていって、暗躍してるってことか）

（かもしれないな）

もとより、しもじもの人々は、ヴァレリウスが聖王宮にとらわれたことも、そこからの必死の脱出についても知るすべはない。それに、魔道師というものは、つねに、一般人にとっては、しょせんちょっとえたいの知れぬ、気心の知れぬ、どう行動するかよくわからぬけったいなしろものなのだった。厳密にいうと、普通の人間とはちょっと違う生物、とみなされているといってもいいかもしれぬ。

(まあ、あの人は魔道師だしな……)

(そうか、わかった!)

(な、なんだ)

(ヴァレリウス宰相は、ケイロニアに密使にいったんだ! そうだ、そうにちがいない)

(おお……それは、あるかもな……)

魔道師宰相ヴァレリウスこそは、この謀反のむしろ張本人のひとりとして、ナリスをそそのかした人物ともみられ、国王側からはすでに正式に、「宰相、伯爵の称号すべての剝奪と、きびしい罪の糾明」が通告されている。それはアルカンドロス広場に張り出された国王の広報で、すべての市民たちに知れ渡っていることだ。市民たちにもまた、身動きも不自由なからだであるアルド・ナリスをそそのかして、ついにこのたびの謀反にいたらしめたのは、結局は、ナリスの推挙によって魔道師初の宰相となったヴァレリウス当人にほかならぬ、とする見方も根強い。

(あの、アムブラを弾圧したのだってあいつだったはずだし)

（大体あの、やせこけた外見が油断がならぬと思っていたんだ）

（ナリスさまが、あいつにだまされてたぶらかされたんでなければいいが……）

それもまた、しょせんは下々のひが目。

歴史の渦の上にかつ浮かび、かつ沈み、浮かんでは消えるうたかたたちの泡のようなつぶやきにしかほかならぬ。そして、その渦のただなかに巻き込まれて、あるいはいっそうその渦を激しく巻かせ、あるいは一気にその方向性をかえる力をもつものたちにとっては、彼ら市民たちにとっては沈滞と小休止のひとときとみえるいっときいっときがさながら魂をけずるような緊張と不安、そしてゆだんのないにらみあいの時間にほかならなかった。

「ナリスさま！　アル・ジェニウス！——ベック公閣下に、ナリスさま追討の宣旨が下ったとのことでございます！」

「ついに、か」

その知らせがついに風雲急を告げたのは、ヨナがナリスとひそかに密議をこらしてから、二日ののち——

ヨナが、ナリスに「何ひとつかわったことがないかのように」ふるまっていてくれ、とささやいてから、まる二日はたっておらぬ、夕方のことであった。

「では、ベックはそれを受けたのだな？」

「はい。ベック公はそれを拝命し、副将にダーヴァルス聖騎士侯を、副司令官にマルティニアス聖騎士侯を指名なさって、さっそくに追討軍の編成にとりかかられたということでございます」

「ダーヴァルスも動く……か」

それはもう、ナリスにとってはしかし、さしたる衝撃でもなかった。

いずれはそうなるだろうとわかっていたことでもある。ただ、ついに、従弟ベックをキタイ王の謀略から救い出すことができなかったかと——みすみす誠実で人のいい彼をもまた、キタイの竜王のえじきとなしたかと思うと、ナリスのおもては苦渋を禁じ得ぬ。まして、そのまえに、折角おのれをおとない、真偽をただすほどの誠実さを見せてくれた従弟である。

「いまとなっては、もはや——たぶんベックも多かれ少なかれその精神はヤンダル・ゾッグにあやつられるようになっただろうと思わざるを得ないね、ヨナ」

「それは、おそらくそうかと存じます」

「そもそも、あのときの様子からして——あれほど骨肉が争うことに反対のようすをみせていたベックが、そうして私の追討の大将軍の宣旨を受けたということからして……もう、おそらくもとのベックではないだろうと思わなくてはならないだろうな。マルティニアスもおそらくもともと、ある意味正気ではなかったのだろう。私のいうような意味ではね」

「できることなら、もしもキタイの竜王の人間の精神を操縦する方法——というかその魔道の術が探り出せると、ギルドにはかってそれを破る術というのも探し出してもらえるかとは思うのですが、私ごときではどうしても……」

「ダーヴァルスも動く、ということになると——聖騎士団の、いま現在クリスタル市内に残

っている部隊はほぼ全員、いずれは参戦すると見なくてはならないね。どのくらいになるのかな」

「各団直属の歩兵を含めおよそ四万とみていいと思います。が、カラヴィア公騎士団の動静とサラミス騎士団のこともありますから、全員はいちどきにジェニュアにむけて進発させはしないでしょう、さすがに」

「進発させるとするとまずは半分かな。そして残りで私の退路をたつ――かな、おいおいに」

「そうですね。あと、ジェニュアを囲むということになるとパロ国民からの反発は必至でしょうから……おそらくはジェニュアを包囲するというかたちをとらず、私でしたら……といってよろしければ、私が作戦をたてているのでしたら、まずは主力を使って、ナリスさま軍をジェニュアからおびき出し、ジェニュアの郊外あたりでのいくさに挑発するようにすると思いますが」

「だが、私は戦うつもりはないよ、このジェニュアではね」

ナリスは謎めいた微笑をもらした。

「だが、この動きのおかげで、あとに残るものはある意味やりやすくもなったし――一方では、そのあとの撤退のことを考えるとてもしんどくなったともいえる。うまいこと、出てたたかうように見せかけてジェニュアを落ち延びられればいいのだが」

「私は兵術のほうは専門ではないので……そのあたりはあまり自信がございませんが……」

「いいよ、ヨナ、それは私の仕事だ。私がやる。――お前はただ、私が考えをまとめる手伝いをしてくれればいい。そして、私が同意や判断を求めたときにお前のその叡智を貸してくれればいいんだ」

「それでよろしいのでしたら……私のほうの準備もまもなく完了いたしますが……」

「ウム、それとうまくつりあわせて進行してゆかないと、とんでもない混乱におちいるね。――さいわいにして、報告では、ベックのほうもそれほど私の征討に非常に乗り気というわけでもないようで、非常にすばやく征討軍を編成し、準備をすすめているというほどでもない。おそらく尖兵がクリスタルを出てジェニュア街道の陣に到達するのにもあと二、三日はかかるだろう、というのが偵察してきたロルカの意見だった」

「二、三日。それだけあれば充分ですね」

ヨナはかすかに謎めいた笑みをもらした。ナリスもそれにかすかな謎めいた笑みをかえす。

「そうだね、ヨナ。すべてまかせてあるよ、お前に」

「はい、ナリスさま。おからだのほうは」

「もうすっかり……とはいいすぎかもしれないが、少なくともかなりのあいだ強行軍には耐えられると思うよ。もう私のことは何も心配しなくていい」

「わかりました。――ともあれこれでどちらにしても動き出さざるを得なくなりましたし、私のほうも、思い切って動けます。それでは、機の熟するのを私のほうもはかりますので、いましばらく、おまちを」

「ヴァレリウスからは、何の連絡もない」

ナリスのおもてがふとかげった。

「いまとなってはもう、彼をなんらかのあてにしたり計算にいれて行動しているわけではないからいいんだけれど……どこでどうしているかも報告できないような状態なのだとすると、かなり気にかかるな……気にかかるだけのことだけれどね。ともあれ事態が展開すればそれは、あるていど魔道をつかえる状態にいれば彼のほうにもわかるだろうし。それがわかっていて戻ってこないのだとすれば、彼のほうには彼のほうでおそらくそちらのほうでどうしてもすませなくてはならぬ事柄がある、ということだろうからね」

「あまり、ヴァレリウスさまとのあいだに心話の糸などがつながっておらぬほうが、かえっておそらく、ヴァレリウスさまも安全だと思います。――ヤンダルのことですから、その心話をてこにしてヴァレリウスさまの居場所を見付けて妨害しないものでもありませんし」

「そうだな。それは、そう思うよ――それにどういうわけか、このところ、ヴァレリウスの夢を見なくなった。――ヴァレリウスが苦しんでいる夢や、殺されようとしている夢や、ね。これがどういうことを意味しているのかわからないが――まあいずれにせよいまは夢判断なんかしている場合じゃない。ひきつづいてベックの進発の知らせがあったら、こちらも早々に対応しなくてはならないんだから。――伝令に命じて、ベック軍をむかえうつための用意にはもう入らせてある」

「どの軍をむかわせられますので？」

「聖騎士をうつに聖騎士をもってす——ルナンにひきいてもらう。副将にカルロスをつける」

「さようでございますか」

ヨナの青白い顔にも、ナリスのはかなげな白い顔にも、一筋の動揺もなかった。

「では——おそばへは、リギアさまが」

「それがルナンの希望でね」

「なんとか、うまく合流できるよう私も考えておきます」

「ベックが出てくるとなると少し難しいかもしれないけれどね。とにかくルナンに、うまく敗走するよう、下らぬ挑発にのるなとかたく申し渡しておこう。さいわいカルロスは若いわりに思慮深いので、ルナンがかっとなってもひきとめてくれるだろうとは思うのだが。間違っても、あちらの作戦にひきこまれるようなことがあれば、それこそ——あとからあとから、私の手兵もまたあちらに取り込まれていってしまうだろうしね。やっかいな戦いもあったものだね」

「さようでございますね。——ともかく、まもなく動き出しますから」

「ああ。お前の秘策を楽しみにしているよ、ヨナ」

「必ず成功させてお目にかけます」

「ベックにももう一回だけ、私のほうから魔道師をやって働きかけ、再度国王の正体については再考をうながしておくことにする。もうおそらくはそんなものにはきく耳をもたなくなっているだろうけれどね。――フィリスも可愛想に！　もっとも、それとも、そうやって操られるとき以外はごく普通の人間のままなのかな。それはアルミナもそうだけれど――なんとかして、操られている当人ではなくて、その身近な人物をうまくとらえるなりおびき出すなりして話をきける機会があれば、いったい竜王がどういうふうにして人々の精神を操っているのか、それを聞き出せるかもしれない。――私としては、まだ、ベックにしてもアルミナにしても、マルティニアスでさえもなんとか正気に戻らせることはできないのかという、希望は捨てていないんだよ。まだ、ね」

第四話　開　戦

1

ジェニュアは、クリスタル市の北東、およそ四十モータッドばかりの距離にある。

それは、人口およそ二万、だが祭事の時期には一気に十万、十五万にさえふくれあがることさえもある、きわめて特殊な宗教都市である。

ジェニュアの中心をなしているのはむろん、当時中原においては最大の信仰を集めているヤヌス教団の総本山、ヤヌス大神殿だが、ヤヌス十二神教のつねとして、ヤヌス大神殿のあるところ、その周囲には、ルアー神殿、イリス神殿、サリア神殿、ヤーン神殿、そしてカルラアやイグレックなど、十二神とその付随する小神々の神殿がそれぞれ、ヤヌス大神殿をとりまくようにして建っている。そして、そのそれぞれに、周辺の付属施設として、それぞれの神々の僧侶、祭司のすまい、修業のための学校施設、修道院、会堂などがくっついている。そしてさらに、そのあいまをぬうようにして、それぞれの神殿の小さな門前町というべき通りがくっついていて、そのせまくるしい通りに、普通の、宗教家ではないひとびとが、僧侶や僧侶になろうとしている学生たちを相手の商売をいとなんでいる小店が、さながら岩にはりつく蛎殻のようにびっしりとはりついているのだった。それはおおむねきわめて零細なものであったが、ヤヌス大神殿のまわりでは、たいへん多くの観光客や巡礼、旅人がやってくる場所であるので、それ目当てのみやげもの屋や食事どころ、宿などもあって、なかなかに殷賑をきわめている。あと、大きいのはヤーン、サリア、の両神殿であるのは、どこのヤヌス教の宗教地区でも同じである。

ジェニュアの丘はジェニュア街道からのぼってくるゆるやかな美しい丘陵で、そしてはるかにクリスタル市街を見下ろすとはいえ、それほど高いところにあるわけではない。さらに最近はジェニュアの街が発展してきて、ジェニュアの丘だけではなく、その周辺の草原と森林までも切り開いて、徐々に拡大しつつある。かつては、ジェニュアはかなり、クリスタルからはなれて孤立している独自の宗教だけの都市、という、ほとんどバルヴィナほどにも独立した小さな自治都市のイメージがまだどこかにあったものだが、現在のジェニュアはほとんど、クリスタルとつかず離れず、クリスタルの完全な一部ではないが、だがクリスタルとまったくきりはなされて独立した都市というわけでもない、という微妙なニュアンスで存在している感じなのだ。

その、ジェニュアとクリスタルのあいだをつないでいるのは、一本の赤い街道――その、《ジェニュア街道》のちょうどまんなかよりもちょっとクリスタル寄りのあたり――

そのあたりに、この日に日付がかわって、そして太陽も高くのぼりかけてくるくらいの時刻になってから、いろいろとあわただしい動きがみえる。

ざっ、ざっ、ざっ——

ざっ、ざっ、ざっ——

歩兵たちが、足をたかくあげて行進してゆくうしろから、重々しいリズミカルな締鉄の音をたてて、輝くよろいかぶとに身をかためた騎士たちの群が、街道を進んでくる。

それはさながら長い銀色の蛇のように赤い街道を埋めつくし、その尾はまだ、長々と市中——どころか、クリスタル・パレスをさえ抜けてはいない。赤い街道はその幅に限度がある。これは意図的に、その街道をつたって一気に攻められることのないよう、あまりに大勢の者が一気に隊列をくんで進むことのできぬようにという、アレクサンドロスのすすめによって、クリスタル市の周辺では故意に街道の幅がせばめられ、のぼりくだりのそれぞれ三線くらいづつしか、ひろがらないようにできているのだ。だから、粛然と行軍してくる騎士団も、三列横隊となるのがやっと、その前に四列の歩兵の群が並んで前進してくる程度である。それゆえ、長々と続く銀色の列は、赤い街道をどこまでもどこまでも埋めつくしてなお足らずに、クリスタル・パレスの北東、ネルヴァ門までぎっしりとすきまなく伸びている。

それはまことにおびただしい軍勢の列であった。ジェニュアとクリスタルのあいだにも、ことにクリスタル市側の半分にはかつての田園はどこへやらかなりの人家が出来、かなりの人口がすまっている。その外側に広い平野と点在する林がひろがっているので、人口の密集した町を形成するほど家々の密度が濃くはなっていないので、ことに街道ぞいでは、けっこう閑散とみえるけれども、ひと筋左右に曲ってゆくと、なかなかどこまでも人家はつきることなくひろがっているのだ。ジェニュアの郊外の住宅地は同時にまた、クリスタル郊外の住宅地でもあるのだ。そこは、北クリスタル地区の典雅な豪壮な、広大な高級住宅街からそのまま続いて、広い敷地をもつ邸や小さいが瀟洒な人家が点在する、ゆたかな田園都市の風景を構成している。

　ジェニュアにたつきの場をもつ人々も、郊外に家をかまえてクリスタル市内に出勤している人々も、かなりの人数が、このあたりに点々と家をかまえている。その人々は、すでにいずれはこうなるだろうという心構えはあるていどできていたし、それをおそれるものはもうとっくに、ナリス軍がジェニュアに入るのと前後して、難を避けてこのかいわいを逃げ延びてしまっていた。それに、これはパロの軍隊対パロの軍隊のいくさだ。一般の人々がふみにじられ、掠奪され、凌辱されるおそれは誰も持っていなかった。さもなくば、危機に敏感な富裕なものたちはとっくにすべてを捨ててはるかな安全な場所へと逃げてしまっていただろう。

　が、ここにこのまま残っているものたちも、偶々の遭難を避けたい気持は同じであった。日中でも、日頃ならにぎやかに商売の車や貿易の商人たち、旅人たち、ジェニュアもうでの信心ぶかい連中がゆきかっているジェニュア街道はこのところ、とんとさびれ、まったくそうした通常の人通りはたえはててしまっている。ひとつには、この、クリスタル市寄りの一点を区切って、ナリス軍の防衛線がきっぱりと敷かれているせいもある。クリスタル・パレスを出た銀色のうねる竜がめざしているのもまた、その防衛線にほかならぬことは、三歳の幼児にさえよくわかることであった。

ナリス軍にも、この進発が伝わってであろう、あわただしい動きがある。この進軍が開始された、という知らせがジェニュアにとどいてまもなく、ヤヌス大神殿の大門が開き、そしてこちらからも同じ銀色のよろいかぶとに、ナリスがおのれの軍のあかしとして選んだ紫色の布を肩やかぶとのてっぺんにむすびつけた騎士団が、粛々とあらわれてこれはジェニュア街道を南下してその防衛線のこちら側をめざしはじめたのだ。先頭におしたてられる旗じるしに詳しいものならば、ただちにそれがルナン聖騎士侯の旗じるしであると見分けることができただろう。そして、その軍の先頭にたつのはまさしく、白髪のルナン聖騎士侯であった。

北から南をめざす銀色の蛇、そしてクリスタルからジェニュアへの道をうねり埋めつくした銀色の竜——どちらも、日をうけてまさに同じ聖騎士団の銀鱗のきらめきをきらめかせるのが、まさに、上から見下ろすものがあればこれが同族対同族、同国人対同国人のいくさにほかならぬのだという、悲しむべき事実をあまりにも明らかにしている。

交替交替でナリス軍の防衛線を守っていたのは、このときはちょうどカレニア衛兵隊であったが、ルナン騎士団の尖兵がくるとそれと入れ替わりにカレニア衛兵隊はうしろにさがり、そして街道ぞいにふたたびジェニュアに戻っていった。銀色の聖騎士団とその直属の歩兵部隊はただちに、防衛線にそって散開して、あたりを銀鱗で埋めつくす。

そのころには、クリスタルを抜けてきた国王軍の先頭も、ジェニュアの防衛線が目に入るあたりまで到着しはじめていた。司令官の号令が下され、かれらは防衛線にあまり近づきすぎぬよう、細心の注意を配って、防衛線よりも一モータッド以上も手前でその進軍をとめた。さらに次々と伝令が下されてゆくと、かれらはそこに、同じく、ナリス軍が街道を封鎖した防衛線をはさんでナリス軍とむかいあうようにして、陣をしいた。次々とうしろから到着する部隊は逐次そのうしろに展開してゆく。

が、どちらからも、まだ、戦闘開始の号令は下されなかった。敵も味方も、いまのところまったく同じ銀色の聖騎士団のよろいかぶと——ナリス軍の肩に結びつけられた紫の小布という目印はあるにもせよ、その、まったく同じいでたちの部隊どうしが、逆茂木、盾をめぐらした防衛線をはさんでこうして対峙した、ということに、かなりの感慨や悲憤や——苦悩や嫌悪をも、感じるものは両軍ともに少なからずいたことだろう。そのせいか、そうして一モータッドをはさんで対峙しながら、どちらの軍にもまだ、みなぎってくる殺気というか、戦気のようなものは、通常のいくさの半分も、感じられない。むしろ、それを感じることを互いに避けているような印象さえも受ける。いずれはどうしても戦わねばならぬにしたところで、少しでもそれを先にのばしたい——そんな感じさえ、互いに持っているように思われるのだ。

(あれは……ベック公騎士団か?)

(いや……あの旗じるしは、ベック公じゃない……あれは——ああ、あれはマルティニアス聖騎士侯騎士団だ)

おそるおそる、遠くからようすを偵察している市民たちのなかから、低いささやきがもれる。その数も、それほど多くはない。

マルティニアス騎士団は、ゆったりと散開した。かれらは街道の両脇にひろがる、五層のたっぷりとした横隊を組み、マントをなびかせ、ウマにもきちんと旗じるしをつけて、それぞれの隊の先頭に指揮官とその護衛の小姓、それに続いて大隊長たち、さらにそれぞれの中隊長、小隊長たちときっちりとした序列を乱すこともなく、威厳たっぷりに整然と浅い半円形の陣を平野にしいた。上からみるといくつかのそれぞれのブロックにわかれ、それがさらに横につながって、きれいに半円を描いたかたちである。

マルティニアスひきいる聖騎士団の騎士団、歩兵の陣ぞなえが一段落すると、そのうしろに、輜重部隊が巨大な馬車と歩兵が人力でひく荷車に巨大ないしゆみや矢、さまざまな武具の予備や、もろもろの物資をつんであらわれた。だが、こうした大勢の部隊が動くさいに、遠征ならば不可欠の、糧食部隊は見当たらず、それが、まさに、これが遠征ではなく、出いくさとはいえごく近い場所でおこなわれるいくさであること——さらにいうなら、それが『内戦』にほかならないのだということを、はっきりと示しているのだった。いや、それよりも、むろん対峙している敵軍がまったく同じよろいかぶとをつけていることそのものが、何よりもいつものいくさとは決定的に違っていたのだが。馬車は街道のかなり手前でとまり、そこにいわば背後のそなえを作った。

いっぽう、ルナン軍のほうは、まったくそうしたそなえを持っていなかった。防衛線をしつかりと固めてそれにそって散開すると、そのうしろにさらにジェニュア騎士団が後詰となり、かれらはしずかに、いまや遅しと身構えたまま待つ態勢に入った。国王軍のほうはおびただしい数であったから、そのときになってもまだ、あとからあとからゆっくりとクリスタル・パレスからくりだされてくる後発部隊がそのうしろのほうへ到着していた。かれらはいったん、あまり近づきすぎぬよう、ほとんど北クリスタル地区をようやく出たくらいのところに蝟集して動きをとめた。

いったん、そうして陣ごしらえが決まってしまうと、奇妙な沈黙が、両軍を支配した。やはりそのときになっても、たたかいの暈気のようなものはひたひたとみなぎってくることもなかった。それはいかに、かれらのどちらもが同国人の、しかも同じ聖騎士団と戦いたがっていないか、かれら自身のためらいと苦悶をまざまざと示しているかのようであった。

そのまま、対峙が続く。——ややあって、クリスタル市方面から、周囲を騎士たちで厳重にかためられた一隊が重々しくあらわれた。その一団の中央にはたくさんの旗指物がおしたてられ、そしてそれはその一隊のあるじがなにものであるかを告げていた——総大将ベック公である。大元帥の旗じるしが風になびいて鳴った。

が、ベック公が到着しても、特に何も激しい展開がおとずれてくるようすもなかった。かれらは依然として、そこに対峙してじっとたがいのようすを見守っていた。互いにまるでこの威容をおそれてあいてがひいてくれればいいのにと祈ってでもいるかのようなようすで、かれらはじっと互いの出ようを待った。

そのまま――さながらクリスタルとジェニュアのにらみあいを場所をうつし、こうして兵をくりだしただけにすぎないかのように、ふたたび二軍は硬直したかのような動きのない対峙に入ってゆこうとしていた。

＊

その、ころ――

ジェニュア周辺でもいろいろとあわただしい動きがおきていたのだった。まず、ルナン騎士団と交替したカレニア衛兵隊が、そのままジェニュアに入るのではなく、あらかじめ駐屯していた東側から移動してヤヌス大神殿の外で待っていたカレニア軍主力と合流して、ジェニュアの西郊外へと徐々に陣を移しはじめた。軍隊の移動というものは、大勢の人間が順番に動き出すのであるから、大変である。それにおびただしい軍馬や武器、馬車、歩兵も同時に動き出すのだ。大袈裟にいえばひとつの小都市が動き出すのにも似て、ゆるゆると巨大な獣が身をゆすって動き出すのに似ている。それでもパロの軍隊などはまだ、よろいかぶとも軽装のうちだし、伝令系統も命令系もきわめて整備されているから、かなり俊敏に動けるが、重装備のクムの軍隊などだと、それこそひとつの砦そのものがわさわさと動き出すような威容が目のまえで見られるのである。

が、カレニア軍はそのあたりは、パロの聖騎士団などにくらべれば、地方の剽悍な軍隊である分、よほど身軽ではあった。カレニア軍が郊外の西ジェニュアへと動いたのは、むろん、

「ジェニュア全体の警護と、そしてクリスタル‐ジェニュア間でいよいよいくさがはじまったときにすみやかに投入するため」と大神殿幹部には説明された。カレニア軍が陣をしいた西ジェニュアからだと、ジェニュアとクリスタルの一本道であるジェニュア街道を通らずに、まっすぐに南下してルナン軍の防衛線のうしろを守ったり、あるいはさらにそのまま下ってまわりこめば国王軍の側面をつくことも可能である。

それと同時に、ヤヌス大神殿の奥に司令本部をもうけていた総大将アルド・ナリスも、「いよいよ国王軍とのいくさが近づいたので、陣頭指揮はかなわぬまでも情勢をすみやかに知り、極力すみやかに命令を伝えるため」と称して奥殿をいったん出た。車椅子ひとつを厳重に護衛されての、これは出陣とはいえぬまでも、指揮官としての当然の出動であったから、ジェニュアも気にとめはしなかったが。

が、ジェニュアをあまりにはなれることは危険をともなうであろうとの判断から、あらたな司令本部は、当座ヤヌス大神殿を出て、カレニア軍ほど郊外ではないが、ジェニュアの西のはずれというべき、サリア神殿にすえられた。このジェニュアでは大きな建物や、設備のある広い場所というのはとにかく、十二神にまつわる神殿関係と、それに付随する教会だの公会堂だのしかないのである。

いよいよいくさが近い――とあって、ジェニュアの内部でも当然かなりの緊張がみられた。ヤヌス大神殿はナリスが臨時に本部をうつすので忙しくなったが、ジェニュアで巡礼あいてのみやげもの屋だの、学生僧あいての食堂だのをいとなむ一般市民たちは、急遽あわてて親類を頼ったり、ともかくどこかへ難を避けておこうとジェニュアを出るものも多かった。ナリスはそれは特にとめずにゆかせた――逆に、それらの動きを護衛すると称して、アムブラ義勇軍がそれまでいた南郊外から動き出し、西側へまわりこみ、カレニア軍の南に入った。

逆に、ジェニュアに入ってくるものは極端に制限された。クリスタルからジェニュアは一本道なので、そのあたりは封鎖はとても簡単である。クリスタルからの街道が、防衛線だけでなくジェニュア地区の入口で厳重に見張りがたてられて、入ろうとする者をおしとどめたのはむろんのこと、ジェニュア周辺のめぼしい道路はすべて封鎖され、ジェニュアに入る者は正規の伝令以外は禁じられた。これで一気に、なんとなくまだまだのどかにかまえていたジェニュア周辺の住民たちの空気も緊迫した。

しかし、大部隊の聖騎士団の進軍によって、（すわこそ――）（いよいよ……）と思わせたものの、そののち、なかなかクリスタル－ジェニュア間での戦端が開かれるようすはなかった。ただひたすら、緊迫した空気だけが流れてゆく。その間にむろん、ナリスからの伝令や密使、書状を持った公式の使者などがベックへも、またマルティニアスたちにも、ひんぴんと出ていっては、また戻ってきた。臨時の司令本部と化したサリア大神殿は日頃はヤヌス大神殿と違って女性ばかりしかおらぬところである。むろん下働きには男性も多くいるのだが、神殿のなかで生活するのが許されているのは《サリアの尼僧》と名高い、生涯をサリアのみに捧げる誓いをたてた老若の尼僧ばかりである。ナリス軍の荒武者たち――それもむろん、ケイロニアだのゴーラだのの本当に野蛮な尚武の連中にくらべたら、若様のようなものだったには違いないが——が接収する、ときかされて尼僧たちはどうしてよいかわからず、ひたすらおろおろするばかりのありさまであった。彼女たちをあまり驚かさぬよう、サリア神殿との折衝には、リギアがあたることになったが、よろいかぶとを身にまとってずかずかと大股で歩く勇ましい女聖騎士伯、などというものは、かよわい尼僧たちにとっては、むしろ男性の戦士よりももっと怖い存在であったかもしれない。

だがとりあえず、ナリスはいかにもお行儀のいいパロ聖王家らしく、男子禁制のサリア神殿の奥殿には入らず、サリア神殿を背後にとってその前の広場に司令部をおかせたので、尼僧たちもいくぶんほっとしたようであった。それにもともとは、ナリスに対しては、サリアの尼僧たちは基本的には非常に好意をよせていたのである。おそらく、ヤヌス神殿よりもかえってナリスに対する忠誠と好意の度合いはサリアの尼僧たちのほうが高かったかもしれぬ。ナリスが兵士たちをおさえ、ちゃんと彼女らの気持を重んじようとしていることがわかると、サリアの尼僧たちはひどく親切になり、なんでも食事の世話や、神殿のうしろに連れてきてくれれば怪我した兵士たちの手当もしようと申し出るほどに協力的になった。

ヤヌス大神殿の幹部たちはナリスとの連絡を密にしておくために、若手の司教数人をナリスにつけてサリア神殿前にさしむけた。そして、デルノス大司教のもっとも信頼するバラン副司教がナリスとともにサリア神殿の本部にとどまることになった。むろん、夜になって一時休戦になるようなら、一応みながまたヤヌス大神殿の建物内にひきあげることになっていたのである。その意味でも、やはりまだあまり戦況は切迫していないといえた。

そうして明るい日のもとに出てきてみると、ナリス軍——だけではなく、これはパロ軍のというべきであっただろうが——のほかの軍隊にない一大特徴とは、きわめておびただしい数の魔道師たちであることが判然となった。黒いしみか、こうもりのようなフードつきのマントをつけたかれらは、そうして集まってみるとまさに魔道師軍の名にふさわしいくらい数が多く、そこだけが黒い不吉な雲がかかってでもいるかのようだった。だが、すでにジェニュアの街角からは、巡礼も学生も、あまり姿が見られなくなっていたので、この奇怪といえば奇怪な軍隊に目を奪われるものもそれほどいたわけではなかった。

　ジェニュアはそれゆえ、とうとういわば町じゅうが内乱ひと色に染め上げられたような様相を呈しはじめていた。それまではまだ、ナリスがヤヌス神殿に入った段階では、ヤヌス神殿から遠い各神殿では普通に勤行もおこなわれ、店も営業していたのだが、いよいよいくさ近しとなったので、中心部をはなれたそれらの店もみな店をとじ、どうやっていつジェニュアを出ていったらいいかを検討しはじめた。だが、また、一方では、本当にはジェニュアが戦場になることはまずあるまいとたかをくくって——というよりも、ジェニュアの神聖性を深く信用しているので、「かえって、どこかにおちのびて運悪くまきぞえをくうよりも、ジェニュアにいるのが一番安全だよ」という信仰にも似たものが、ジェニュアをすまいとする人々のなかにはことに強かったのも事実である。

　だが、そうとはいえ、じっさいのいくさになればそんなものはあてには出来ぬ、たとえどんな軍隊でも逆上すればどういうことがおこるかわからぬ、という慎重説をとなえるものもいて、そういうものたちは、店をたたみ、身のまわり品をまとめて、ともかくこの内乱がおわるか、戦場がクリスタルとジェニュア近辺をはなれるまではとあわててジェニュアを出ていった。さきもいったように、ナリスはそうした避難民はまったくとどめようとしなかったのである。ただし、まきこまれる危険性があるからと、ジェニュアを避難しようとする市民たちは、ジェニュア街道を使わぬことをすすめられた。いわれずともまた、もう二つの聖騎士団のかなりの大軍が対峙してにらみあっているあたりなどにうかつに近づきたいものなど、命のおしいものにはいるわけもなかった。

それでは――というので、西ジェニュア道と通称される、サリア神殿前からジェニュアの西はずれをぬけて、ルーナの森と呼ばれている風光明媚な林を通りぬけ、イーラ湖のほうへゆるやかにカーブを描いてゆく道をぬけてゆこうとするものもいくらかいた。イーラ湖の北側にはムール、ナイアハム、ミーラなど、いくつかの小さな町が散らばっていて、そこに親戚のあるものも多かったからである。だが、西ジェニュア道をとろうとしたものは、ジェニュアの西をぬけ出す前に、さりげなく、まだ服装はまったくばらばらだが共通の紫の胴着をつけ、そして肩に紫のナリスの旗じるしをぬいつけた、武装した市民たちにとどめられ、そちらにはむかわぬようにとやんわりと説得された。それはむろん、カラヴィアのランのひきいるアムブラの学生と若い市民を中心とした――ナリスの命名による《クリスタル義勇軍》であったが、このクリスタル義勇軍の存在は、あまりジェニュアのものたちにはぴんときていなかった――かれらは整列して軍隊としてジェニュアに入ることはまったくしていなかったからである。それで、かなり驚いてからひとびとは、同じ一般市民のいう忠告だけに、たいていは素直に従って北ジェニュア街道を通ってあるいはケーミへ、あるいはケーミとシュクのあいだくらいにひっそりとあるしずかな小都市ルーバへと方向をかえるのだった。クリスタル義勇軍はしかし、ジェニュアの人びとが思いもかけぬくらいいつのまにか大勢力になっており、その上に、服装こそばらばらだったが、手にしている武器はもうナタや手製の棍棒ではなく、ちゃんとした大剣や槍や弓矢であった。武器を支給され、隊を編成しなおした彼らはカラヴィアのランの薫陶よろしきを得て、一応、立派な戦力になりうるだけの市民軍隊に成長していた。ジェニュアの避難民たちはそれをみてかなり驚いたが、しかし、市民軍は、避難する人々を、護衛する、という名目で丁重に小さい隊をつけてあるていどづつまとめて街道筋へ送り出し、さりげなくかれらをもうジェニュア市内に戻らせず、クリスタルの方角へもゆかせないようにした。そのばらばらな服装や、市民の外見とはうらはらに、かれらはそれのかげにかくれて実はジェニュア周辺にきびしい非常線を張っていたのだった。

しだいに、日がかげってきたが、まだ戦端は開かれなかった。きょうは何ごともなく、移動だけで終わるのかもしれない――人々はそろそろ、そう考えはじめた。日がかたむき、ゆっくりと、妙にしずかだった、しかも緊張のはりつめていた一日が終わってゆく。本当のいくさの始まりは明日になるのだろうか――そう思ったものは、当の対峙している騎士たちにさえ、たくさんいたのに違いなかった。

2

一日は、またしてものろのろと、つよい緊張をはらんでひそやかに過ぎてゆこうとしていた。いっそ一気にカタがついてしまえば——そのひそかな、対峙している騎士たちののぞみとはうらはらに、ことに国王がたは、名誉あるヤヌス大神殿をたてにとったナリス軍にたいしてきわめて慎重に出るかまえであることが明らかなようであった。総指揮官ベック公は防衛線のずっとうしろに司令本部を設営させ、伝令を配置し、いつなんどきなりとも総攻撃に入れる態勢をみせたが、そのままさらにジェニュアあてに使者がたてられ、ただちに降伏と武装解除をうながす国王の親書が白旗を掲げた軍使によって、反逆者アルド・ナリスと、そしてそのナリスを擁護するという無思慮ゆえのあやまちをおかした（とその親書にはあったのだ）ヤヌス大神殿、さらにジェニュア市長及び大僧正デルノス猊下あてに送り込まれた。それは、もうさらにナリスからの冷淡な返書を受け取っただけであったが、ヤヌス大神殿のほうは返事をひかえた。ある意味では返答のしようもなかったからでもあっただろう。

夕刻になって、ジェニュアに衝撃が走った。アルド・ナリスの生母、老大公妃ラーナ王女から、「自分が国王と息子ナリスとの不幸な誤解の仲裁にたちたいと考える」というよしの使者が、ヤヌス大神殿とサリア神殿のアルド・ナリス、そしてクリスタル・パレスに到着して、老王女の意向を書状とともに伝えたのである。長年ジェニュアにすまい、先代の大祭司長の奥方でもあり、ヤヌス教団に対しては隠然たる勢力をもつ女性でもある。そして血筋的にも、アルド・ナリスの母であるばかりでなく、国王レムスにとってもきわめて近い親戚であり、また現在のパロ聖王家にとっては、女性ながら最年長の王族として、長老の地位にある。そのことばは重んじられぬわけにはゆかぬ――またことにパロでは、王族の女性というのは神聖視される。「ラーナ大公妃の申し出が解決するまでは」という使者が各方面にとび、国王がたも、またナリスがたもいったん兵をおさえた。

そしてそのように、両軍がいったんほこをおさめた、という報告が入ると、ジェニュアのラーナ大公妃邸に動きが見られた。ラーナ大公妃の馬車がひきだされ、大公妃の外出の支度がはじまったようだ、という情報が両軍の司令部にもたらされた。ラーナ大公妃はレムスとさぞ気があうだろうと陰口をたたかれるくらいに、パロ聖王家のなかでももっとも格式ばった、形式を重んじる貴婦人であった。したがって、その他出は半端な手間ではなく、あらかじめ支度がはじまってから外出の予告がなされ、さらにいよいよ外出するという宣言がなされ――というくらいの、面倒でややこしい、気の短いものなら失神してしまうくらいの手続きと荘重さが必要だったのである。そして通常は大公妃は老齢のことでもあり、まず一年に一回もジェニュアをはなれることはなかったし、たかだか普通なら歩いて数十分《タルザン》――それも若い普通の者であったら、数十分《タルザン》どころか数分《タルザン》だったに違いないが――しかないヤヌス大神殿にゆくのでさえ、巨大な馬車をしたて、大勢の護衛をつけてゆく、というたいへんな手間をかけるのが恒例であった。まして、年に一回か二回の外出は、主として何か重大な行事があるときに重々しくクリスタル・パレスに出向くために限られていた。そして、それもむろん貴婦人のしきたりにのっとって、決して朝や夜には移動しない——貴婦人というものはあまり早朝にわさわさと動きまわったりしないもの、とパロではされていたし、そしてラーナ大公妃は「貴婦人の中の貴婦人」であったのだ。

だから、大公妃が、夜にむこうに到着するようにどこかへむかうことなど決してありえなかったのだが——その大公妃が、いまから出発すればあきらかに夜になるであろうに、「調整のためにクリスタルにむかわれる」と発表されたことは、この事態を大公妃がいかに重要視しているか、というあらわれではあった。

が、大公妃自身が重要視していたほどには、大公妃の言動を周辺が、ことに戦おうとしている当人たちが重要視していたとは限らなかったのだが——だが、内心はどうあれ、礼儀正しい反逆者も追討者も、この年老いた仲裁者のいさめは受入れるにやぶさかでない、という態度をとったので、ラーナ大公妃の外出の用意は粛々とすすめられ、そして夕刻を前にして、大公妃の馬車はおびただしい女官たちと警護の大公妃騎士団、そして大公妃が誰よりも懇意にしている数人のヤヌス教団の司教とサリアの尼僧たちというおまけまでも従えて、うねうねとジェニュアの小宮殿を出たのだった。

この行列のほうは、誰も、とどめるわけにゆかなかったし、そういう事情であったから、検問するわけにもゆかなかった。アルド・ナリスにとっては生母なのだから、そのとりなしはありがたく受入れなくてはならぬものでこそあれ、まさかに、身を挺してクリスタルに仲裁にむかってくれる母を、検問ラインでひきとめて調べるわけにはゆかなかったのである。そしてベック公にとってもラーナ大公妃は叔母であり、二重三重に血のつながった氏の長者でもあるので、ベック公もまた、「ラーナ大公妃の行列は、無条件に通過させること」を各騎士団の指揮官に通達した。もっとも、当のラーナ大公妃の行列のほうは、当人たちからみればすごい勢いで、不作法なほどに簡略化された手続きで準備をすすめていたのだろうが、そのころになっても、ようやく、「まもなく、大公妃がお出ましになります」という触れが、門番にまわされたにすぎなかったのであるが。

その——まさにその一刻ばかり前のことであった——

ラーナ大公妃の居間——

それは、巨大なサリアの像を奥の壁のまんなかに、反対側の壁にはヤヌス像を、そしてそのそれぞれの両側に十二神の残りの小神像を安置した、ほとんどそれ自体が小神殿ともいうべき天井の高い部屋であった。ラーナ大公妃は、不幸な結婚とその愛のない夫の不名誉な死に方以来、完全に世の中に背をむけており、ジェニュアを生涯のおのれのすまいとかたくさだめて、一切の社交界にもすがたをあらわさず、信仰ざんまいの日々を送るかたくなな老婦人であった。

その日常には、外の護衛にこそ男の騎士や家令のすがたも見られたが、それも極力年をとったものにかぎられ、基本的には大公妃の目にふれるのは、女性——それも清らかな、身分の高い、独身の女性に限られている。

年をとって、ますます男性嫌いと男性不信がつのってきたラーナ大公妃は、身のまわりの世話をするものはすべて、自分と同じくサリアに帰依し、在家のままサリアの尼僧となるという誓いをたてたものしかよせつけず、つきあう範囲もヤヌスの僧侶たちは例外として、あとはすべてサリアの尼僧や、サリア神殿の巫女、老女官たちのみであった。なまなましいもの、けたたましいもの、騒々しいもの、血気さかんなもの——それらのすべてをラーナ大公妃が年々いとうようになっていたので、その居間はいつもひっそりとして、さながら墓場のようであった。無駄な飾りはいっさいはぶかれ、パロ聖王家の王族の長老の身でありながら、きわめて簡素な質素な、だがごくごく贅沢な吟味したものだけが使われる高雅というか、風流というか、そういう生活ぶりであった。そこでは大声を出したという理由でただちに女官が馘首されるほど、静寂と静謐とが重んじられていたのである。

ラーナ大公妃の日常もまた、きわめてとざされたせまいものであった。彼女はサリアの勤行に魅せられており、毎朝晩に必ずサリアの勤行をおこなったが、サリア神殿まではごく近かったのだけれどもそれを出てゆく気はなかったので、わざわざ家の奥庭のつきあたりに、自分のためのサリア小神殿を作らせ、そこで朝晩の礼拝をおこなうようにしていた。これが、老大公妃にとっての、一日の最大の任務でもあれば喜びでもあり、それ以外のものはほとんどつけたしにすぎないかのようであった。

かなりの早朝からひるの直前までかかる朝の勤行をおえるとようやく昼食となる――それも、サリアの教理にのっとった、質素といえば質素なものではある。もっとも内容はきわめて贅沢に、果物のひとつひとつまで吟味され、最高のものしか許されなかったのだが――そして、老いた女官たちにかしずかれて、わずかばかりの昼食をおえると――彼女はサリアの教義にのっとり、いっさいの肉を食べず、魚も食べず、食事は果物と卵とそして野菜と、わずかばかりの米に限っていた。厳密に、いついつにとらねばならぬ、とされている料理や材料があり、月の十日と十三日のサリアの日には、必ずサリアのもっとも好む愛の食物とされている、蜂蜜と各種の高価な果実、それに干し果実と種のないパンだけで一日を送らなくてはならなかった。そして、その翌日には、サリアの呪われた子であるバスの日であるので、断食の行がおこなわれるのだ――昼食をおえると、ラーナ大公妃は、手紙を書いたり、ちょっとした書きものや読書の時間のために居間にたてこもって、お茶の時間までひっそりと一人ですごすことになっていた。そのとき用意されるのは、カラム水のような「不道徳な」飲み物ではなく、高貴で魂を浄化してくれるとされる「サリアの飲み物」アイナ茶であった。これは、目の玉の飛出すほど高価なクムの特産物であったが、大公妃のために毎日おしげもなく最高級のものの封が切られていたのである。

その日もむろん新しい茶の袋の封が切られ、そして、うやうやしく老女官が運んできた茶とともに、ラーナ大公妃はおのれの、妙に神殿の奥殿のような感じのする殺風景な室にとじこもっていた。老大公妃はもう長いあいだ、黒と白と灰色の服装しか身につけたこともなく、そしてその顔はおしろいっけひとつなく、髪の毛はきっちりとかたくひっつめてその上からいつも黒い網目のヴェールでおおわれている。美貌の家系でならす聖王家の王女にして、かの麗人の母親であるというだけあって、老いてもなお端正で美しい顔立ちの女性であるが、それだけにその狷介なきびしい表情がいっそうそのととのったおもてを酷薄にみせている。

彼女はちりひとつ落ちていないようにきれいにととのえられた居間でしずかに、筆をはこんでいた。その居間は、いかがわしい外の光などうかつに入り込んでこないように、ひるまから分厚いカーテンで窓からの光をさえぎられ、海の底のようにうす暗く、簡素といえば簡素だし、贅沢といえばこの上もなく贅沢に、大公妃のどんな我儘にも要望にもしっくりとあうようきっちりとすきなくしつらえられている。

そのうす暗いひんやりとした、いつも香をたきしめているのでますますサリア神殿のようなにおいのする室のなかで、どこにあてた書状なのか、かなり長い書状を、彼女は何回も何回も考えこみながら書き直していたのだった。そこに、かろやかなノックとおずおずとした声が扉のそとからかけられた。

「大公妃さま。——失礼いたします」

「何だというの、リア。私が仕事をしているときには入ってきてはいけないといったでしょう」

大公妃はけわしくとがめた。女官は平蜘蛛のように身をちぢめた。

「あの、あの――急用とのことで……きわめて火急の御用とのことで、あの……ナリスさまのところのかたが……」

「何だって」

ますます大公妃の顔はけわしくなった。

「私はもうあの子のことはかかわりはもちたくないよ。そういわなかったかえ。もう、いっさい、あの子が心をいれかえて私の助力を求めてくるまで、私はあの子に手をさしのべるつもりはない。あの子は私を苦しめるためだけに生まれてきたんだわ、そうに違いない。あの子は、私を苦しめるためにヤーンがつかわされたこの世の悪魔なんだ」

「あの……そのことで、ナリスさまからの直接の御伝言を持って参ったという者なのでございますが……おりいって大公妃さまにおたのみがおありだということで……」

「私に？」

ラーナ大公妃はもともとはアルシス王子の妃であり、その正式の地位はヤヌス神殿大祭司長妃である。だが、アルシス王子の死後、正式に「大公妃」の称号をもって呼ばれるようになったのは、それが聖王家の女性の、王女につぐ最高位の称号だったからであった。それにむろん、アルシス王子の家柄が、国王につぐ大公であるべき格式だったからでもある。それで、みなはこの不幸で偏屈な老王女のことを「ラーナ大公妃」と呼びならわしているのである。

その老女の青白いきびしいおもてがちょっと動いた。

「わかった。会おう」

　彼女はさも巨大な恩恵をしぶしぶ与えるようにうなづいた。

「本来ならば、このような非公式で無礼な面会はうけつけるものではないけれど、事情が事情だけに特別にゆるすのだといいなさい。ただし、これからせいぜいが半ザンだけのあいだだと云うように。私はこの手紙を書きおえて、それをクリスタル・パレスに持ってゆかなくてはならないのだからね」

「心得ております」

　女官は老王女のけんつくをくわされなかったことにしんそこからほっとしたようすで、いそいで下がっていった。ラーナ大公妃は、そそくさと書きかけの書状を書きあげ、署名をし、印璽をおすと、かわかさなくてはならなかったので、自分でその上にさらさらと金色のこまかな砂を白亜のつぼからすくいとってふりかけ、書きもの机の上にひろげた。そして、室の反対側の半分を占領している来客用の椅子と机のほうへゆっくりと歩き出した。そのときに、女官が客を案内して入ってきた。

　客は、きっちりと王立学問所の制服を身につけた青白い顔立ちの若い男――いうまでもなくヴァラキアのヨナと、そして、うっそりと黒いフードつきマントをまとい、ふかぶかとフードをかたむけた魔道師二人であった。ラーナ大公妃はいやな目つきでその客たちをねめつけた。

「私のところによこす密使ならば、女性をよこしなさい」

彼女はまずいきなりけわしくとがめた。

「ナリスも、不心得な。私のことはよう知っていように、男の使いをよこして、ずかずかとこのサリアに帰依した私の居間に、汚れた男性をふみこませるとは。まあ、緊急の使者とあるからは仕方がない。そのほうは何者じゃ」

「突然、前触れもなく貴き貴婦人のお居間をけがす狼藉をつかまつり、おわびの申し上げようもございませぬ」

ヨナはきわめて丁重にいった。そのことばをきいて、ラーナ大公妃のけわしくしかめた眉がほんの少しやわらいだ。ヨナの、痩せすぎてはいるもののなかなかに知的でととのった容姿もおおいにその心をやわらげるにあずかっていたのかもしれない。

「わたくしは王立学問所にて魔道学の助教を拝命いたしております、ヴァラキアのヨナと申しますふつつかもの。もっとも王立学問所のほうは、ただいまのところはさたやみになっておりまして、現在のわたくしの立場は、パロ聖王アルド・ナリスさまの参謀ということになっております。しもじもの身分いやしき下司にはございますが、大公妃さまには何卒このち、ナリスさまの御用をつとめるいやしき者として、よしなにお見知りおき下さいますよう」

「ナリスの参謀——いや、お待ちなさい」

ラーナ大公妃の、いったんやわらぎかけた眉がまたすっとけわしくなった。

「いま、何と申した。パロ聖王アルド・ナリス——こなた確かにそのように申したな」

「はい」

「そのようなものがいったいいつのまに出来た。――わらわは認めぬぞ。そのようなことを聞き流しにしたとあっては、国王陛下に申し訳もない。わが子ながらアルド・ナリスはおろかしくも貴きパロ聖王陛下に反逆したてまつり、ひいてはヤヌス大神にさえ弓ひく大罪人、たびかさなる母の諫言にも耳かさぬ以上は、この上回心なきときにはもはや、母とも子とも思わぬ――そのよしを告げる書状も、このあとナリスのもとへ持たしてやろうと思うていたところじゃ」

「そのおおせ、いちいちごもっとも、御道理ではございますが」

ヨナは少しの動じたようすもなく、淡々と云った。

「まさにそれにつきましてのナリスさまよりの内密の御伝言でございますれば。いま一刻、わたくしに貴きお時間をたまわり、ナリスさまのまことの御心情を母上様へ、ひそかに申上げさせていただきとう存じます」

「そなた」

大公妃の目がするどく細められた。

「見ればずいぶん若年のようだが、年頃に似合わずずいぶんとしっかりとした口のききようをわきまえおるな。当今の若い者には珍しい。なんと申したか、名前は？」

「恐れ入ります。ヴァラキアの出自にて、ヨナ・ハンゼと申します若輩の未熟者にてございます」

「ヴァラキアといえばあらけなき沿海州の民なるが、そのほう、王立学問所の助教と申したな。ヴァラキアにありて、学問に発心せしは珍しい。――その胸にかけたのは、ミロクの護符のようだが」

「はい。わたくしは親代々の教えにしたがいまして、ミロク教の洗礼を受けております」

「ミロク者か」

ラーナ大公妃は、いったんヨナの丁重でいんぎんな物腰に抱きかけた好意をそのあらたな発見でフイにしたものか、それともそれはそれとしたものか――と迷うように、首をかしげた。ミロク教徒は、中原のほかの部分でほどでもないが、パロでもやはり、「中原でもっとも信仰されるヤヌス十二神教に、まっこうからさからう教えを掲げる、あまりかんばしくない奇妙な宗教」と、それをやみくもに奉じるかたくなな狂信者たちの群として、あまり好意的に見られているわけでもない。もっとも、ミロク教徒はいたっておとなしく、一切悪いことも殺生もしないので、その意味では、危険視されているというよりも「妙な変り者の、だがおとなしいから利用するには便利な連中」としてかろんじられている、といったほうがいい。一切の殺生、快楽、虚言、抵抗、無礼などを禁じるミロクの戒律は、快楽主義がまかりとおるパロやクムからみると、ずいぶんと奇怪きわまりない宗教にしか見えないのだ。

「ミロク者ならば、このたびのナリスの暴挙がいかに神々のみ心にさからうふるまいか、わきまえておろうに。そのほう、ナリスの側近だと申すならば、ミロクの教徒たる立場からも、あのおろかな子をいさめなくては詮なかるまいに、ええ？」

「おおせのとおりにございまする。大公妃殿下」

ヨナはおとなしく答えた。二人の魔道師は男性でしかも魔道師である者が貴い身分の婦人の居間に入ることをはばかり、入口のところにぴったりと並んでうなだれている。

「まあよい」

ラーナ大公妃は声をやわらげた。

「ならばそのナリスの伝言とかをきこう。ようようわがたびかさなる諫言苦言がかのおろかなるわが子にも通じ、いさぎよう武器をすてて聖王陛下に降伏する意志がかたまったと申すか？　ならば、この母は、仲介の労をとってやらぬとは申さぬが……」

「はい。大公妃殿下、ナリスさまは、まことに、この情勢を苦慮しておいでになります」

ヨナはおだやかにいいながら、つと立ち上がって、ふところから一通の書状をとりだし、それをさしだしながら、低くうなだれ、大公妃のすぐ近くに膝をついた。大公妃は眉をよせて、それをとろうとしたが、大公妃の手からはちょっと遠かった。

「近う持ちや」

大公妃がけわしく云った。

「いま少し、近くへ」

「大事ございませんでしょうか」

「えい、何を悠長な——この上もないとりいそぎの使者というほどに面会を許したものを。さ、早うしや」

「それでは、おことばに甘えまして――ごめんつかまつります」

ヨナはしずかに膝行して、つと、大公妃の足元に近づいた。そして書状をさしだしながら、おもてを下からあげて大公妃の顔をのぞき見た。大公妃は何の気なしにそのヨナのさしだした書状をとろうと手をのばした。

その、刹那であった。

「大公妃殿下。お声を出されませぬよう」

ヨナは、大公妃が手紙をつかむと同時に、影のように動いた。何がおこったのかと気づく間もなく、大公妃は、ひょいとその手首をつかんでひきよせられ、のどもとにぴたりとするどい短刀をおしあてられていた。

「慮外者」

さすがな、誇り高きパロ聖王家の長老の貫禄を示して、ラーナ大公妃が云った。その声は、微塵も乱れても、臆してもいなかった。

「何のつもりだ。無礼な」

「まことにもって御無礼つかまつります。ラーナ・アル・ジェーニア大公妃殿下」

ヨナがしずかに云った。そして、うしろざまに短刀をおしあてたまま、大公妃の腕をうしろにひき、身動きを完全に封じた。そしてヨナがかるく合図をすると、影のように壁の前にひかえていた二人の魔道師がつと寄ってきて、ヨナと瞬時にいれかわった。一人が大公妃をうしろ手にいましめ、いま一人が短刀で大公妃を牽制した。ラーナ大公妃は老いた顔にびりびりと激怒の色をたたえながら、正面にまわりこんだヨナをにらみすえた。

「この慮外は何のつもりだ。愚行も大概にしたがよい。いますぐ、わらわをはなして、わびればよし、さなくばただでは捨ておかぬぞ。ヴァラキアのヨナとやら」

「もとより、お怒りをかうであろうことは存じ上げております」

ヨナは、大公妃の怒りには気にもとめずに、正面から大公妃を見返した。その顔はなおも青白くおだやかで、激しいものは何ひとつなかった。

「わたくしも殺生戒あるミロク教徒でございますゆえ、ましてご身分たかき大公妃殿下――いや、それよりも、わが剣と魂の主たるアル・ジェニウス、ナリス陛下のおん母君たる貴き御身に、危害や恥辱を加えることはいたしたくございませぬ。さいわいに、殿下はきわめて御分別のあるおかた、その分別に従われ、いましばらくは大声をお出しになられますな。おん身を御守護したてまつるかたがたはみな女性《にょしょう》、その上に御老人ばかり――お居間に飛込んで参りましても、いたずらにうろたえさわいで騒ぎを大きくし、被害を出すのみにございますれば。――大声をお出しになるようであれば、やむを得ませぬ。恐れ多くも聖王家のご長老たる貴い御身に縄目のはずかしめを受けていただきますが」

3

「おのれ」

ラーナ大公妃は声も荒らげないで云った。声はしずかだったが、たいていの者なら、その目でにらまれただけで心臓がとまるのではないかと思うほどの憎悪と激怒がヨナを見る視線にこもっていた。

「慮外者のヴァラキアの下郎めが」

大公妃はするどく云った。

「おおせのとおりでございます。――それに、さきほど、お居間の外で警護つかまつる当直の騎士たちは、すでに魔道師どもがおさえました。大声をおあげになりましても、なかなかやってくる者はおりませぬかと存じます。――ごめん」

ヨナはつと、大公妃から何の興味も失ったかのように立ち上がり、室の奥の書きもの机にむかって音もなく歩み寄った。

「何をする」

大公妃がするどく声をあげた。そのとたんに魔道師がそののどもとにぐっと短刀をおしつけた。大公妃はくやしげに息をのんだ。

「無礼者。それはわらわの」

「ごめん」

ヨナはしずかに、吸い取り砂をかたわらの砂つぼにはらいおとすと、手紙にさっと目をとおした。それから大公妃をゆっくりと見返ったヨナの切れ長の目のなかには、めったには彼がひとまえで見せることのない、一種の怒りに似たものが宿っていた。

「これは、たいへん面白いお手紙でございますね、失礼ながら」

ヨナはゆっくりといった。

「ロルカ、ディラン、見るといい。大公妃さまは、レムス国王あてに、われらのアル・ジェニウスの罪状を告発し、そして対面の上心境を申上げたいと面会を申込まれる手紙を執筆されておられた最中だったようだ。——ここにはこうある。もしもレムス陛下が必要と思われるならば、ジェニュアのヤヌス教団幹部を説得し、逆賊となりはてたるアルド・ナリスの身柄をひきわたさせるよう、はからう心算もないではない、と。大公妃さまには、お腹をいためたわが子ナリスさまよりも、パロの秩序がお大切であられたようだ」

「無礼な。いやしきしもじものぶんざいで、よくも国王にあてた王族の親書を」

ラーナ大公妃は怒りにきりきりと唇をかみしめながら云った。ヨナはその手紙をおのれのふところにしっかりとおさめた。

「わたくしはさきほども申上げましたとおり、唯一正当なるアル・ジェニウス、アルド・ナリス陛下の忠実なる股肱でございます」

ヨナは云った。きわめておだやかな声ではあったが、その中に、深い怒りをはらんだ嘲弄のひびきは隠しおおせなかった。

「いかにナリス陛下の御母堂と申せ――いや御母堂であればいっそう、アル・ジェニウスを裏切り、わが子をこともあろうにキタイの手先たる傀儡国王のもとに売り渡そうというその御心情が、わたくしごとき愚か者には理解できませぬ。――殿下は、まことにこの書状をレムス国王に送り、そちらの返答いかんでは、ヤヌス大神殿にナリスさまをひきわたすよう、説得に乗り出されるおつもりであられましたので？」

ラーナ大公妃は冷たくそっぽをむいた。ヨナはその机の上あたりをそっと丁寧にさぐっていた。

「わたくしごときしもじもとことばをかわすもおぞましいとお考えであれば、それもよろしゅうございます。……いまさら、わたくしごときが、陛下にかわっておうらみを申上げる筋合でもございませぬし……陛下は知性も節度もおありのおかた、たとえこれまでのなさりようにどのように傷ついておられても、やはり殿下のことは御母堂として慕ってもおられれば、重んじようともなさっておいでになりますゆえ。――だが、実の母が血も涙もあらばこそ、わが子を敵に売り――国母たるにひとしきお身の上が国を売る――このような行動は、わたくしははじめて拝見いたしました。わたくしのようなしもじものいやしき者の考えでは、たとえわが子が国王に謀反をおこそうとも、世界じゅうを敵にまわそうとも、母君だけはわが子をかばう心情を持たれるのではないかとついつい思うのでございますがねえ……やはりここへは私がみずからうかがうことにいたしてよろしゅうございました。御母堂がここで何をしておられたかをきかれたら、ナリスさまがどのようにまた、傷つかれ、御心痛になられましょう」

「……………」

ラーナ大公妃は激しくくちびるをかんだ。

が、こらえかねて、くちびるをふるわせながら吐き捨てた。

「このほうなどいやしき者にわかるものか。貴きパロ聖王家、青き血の家の誇りをそのほうごときに理解できようか。わらわは誇りある国母、パロの秩序をみだす逆賊となりはてたるわが子など、もはやわが子でもなんでもないわ。おろかなる大逆の徒、ここにおれば、わがこの手でみずから成敗してやりたいとさえ思うこの気持を何条もってそのほうごときにわかろうか」

「失礼ながら、御理解はいたしかねます。また、御理解かなわぬをもってさいわいと存じます。――ナリスさまの御謀反にはあれほどの理由あること、それがひいてはパロそのものを守ろうとする烈火の犠牲であることの道理に、ただひとたび、お耳をかたむけられるお心はございませぬか。ことわりをおききになれば、大公妃さまといえど、ナリスさまがただの逆賊やいなや、正義はいずれのかたにありや、ご理解いただけるやもしれませぬものを」

「わらわをどうするつもりだ。人質にとると申すのか。それとも、殺すか」

大公妃はねじふせるように云った。ヨナは小さく肩をすくめ、説得をあきらめた。

「わたくしがミロク教徒であると看破なされましたのは、大公妃殿下でございます」

ヨナはあざけるようにいった。

「わたくしは決して殺生はいたしませぬ。——それゆえ、これらの二人の、そのような殺生戒に縛られておらぬ魔道師どもをともなったようなわけでございまして」

「……」

「が、御安心なされませ。われらが参りましたのは、大公妃殿下のおいのちを頂戴するためではござりませぬ。これからしばしのあいだ、大公妃殿下には、われらのいうとおりに動いていただかねばならぬ、そのためでございます」

「誰が……逆賊どもになど……」

きりっと、歯を食い縛って、ラーナ大公妃がその歯のあいだからしぼりだすように罵った。

「殺せ。老いたりとは申せ、女性の身と申せ、わらわはラーナ・アル・ジェーニア、誇り高きパロ聖王家の王女なるぞ。そのほうらのような身分いやしきしもじもに手をかけられ、思いどおりに動かされるほどなら、いっそこの場で舌をかんで死ぬるがほまれじゃ」

「さいごに……さいごにひとつだけ、うかがわせていただきとうございます。——これはもう、わたくしの——わたくし自身の、母と子というものに対するあこがれのためであったかもしれませぬが」

ヨナはぽつりと云った。さきほどまでのきびしさとうらはらに、奇妙な寂莫のようなものがそのおもてに漂い、だが、そのためにかえって彼は妙な殺気をたたえてさえいるように感じられた。

「ラーナ殿下は……ナリスさまのただひとりの、まことの御母堂でおありになります。ナリスさまが——国王の手におちれば、むざんな死——いえ、謀反をおこせば当然の死罪や戦死ではなく、死よりもはるかにむざんな運命を、はるかなキタイに拉致され、そこで一生はずかしめと地獄のような苦しみを受ける運命が待ち受けていると——そしてもしナリスさまが謀反されたのは、そのような運命をまぬかれようとするためであったとしても——それでもなお、殿下はただひとりの御子息を国王に売り渡すことがお出来になりましょうや？」

「何を、下らぬことを」

ラーナ大公妃は吐き捨てた。

「ナリスとても聖王家の一員、あのように無用の長物となりはてたといえども、聖王家の青き血の誇りにはかわりはあるまい。もしもわらわの思う、正しき青き血の末裔であるならば、万一にも他人にそのようなはずかしめを受けることあらばためらわず自死をえらぶが唯一の正しき選択——だがその前に、すでにあのようなからだになりはてるような不覚悟をさらせし者なれば——わらわがナリスなれば、身動きもかなわぬ不覚の身となりたるそのときに、ただちに憤死をとげてもいようもの。が、いずれにもせよ、こんにちただいまのあの子はもはやただの逆賊、わらわにとりてはパロが第一、ついで聖王家の誇りが第二——そのふたつをともにないがしろにし、逆心を抱くからは、ナリスはもはやわが子にはあらず」

「そこまで……おおせになりますか」

ヨナは無表情にいった。その目は奇妙な赤い色合いをおびて、じっと大公妃を見つめていた。

「情ごわきおかたとはうかがっておりましたなれど――これほどとは思いもよりませず……いまはもう、お話をどれほどかさねてもむなしきこと、よくわかりました。ロルカどの、ディランどの」

「何をする」

ラーナ大公妃はけわしく叫ぼうとした。その口に、すばやく、うしろから魔道師のひとりが小さな布をおしあてた。とたんにラーナ大公妃のからだががくりと前のめりになる。それを、もうひとりの魔道師がすかさず手をのばしてうしろからかかえるようにして倒れてゆくのをひきとめた。

「どうやら、完全に意識を失ったようだ」

ヨナはじっとそのようすを見つめていた。

「よかろう。では、さきほどの計画どおりに――馬車はすでに待たせてあります。おふたかたは、ひと足さきにそちらへ。私は少々、こののちの細工をほどこしてからすぐに裏門へゆきます」

「……」

二人の魔道師は黙ったままうっそりと頭をさげる。その腕には、気を失ったラーナ大公妃がかかえられていた。魔道師たちが大公妃をかかえて出てゆくのを見ながら、思わず、ヨナはかすかに、こらえていたからだのふるえをときはなち、一瞬の激情に似ためまいを味わった。

（ナリスさまが、こんな不快なひと幕を決してご存じになることがなくて、本当によかったな……）

ヨナの唇から、かすかなつぶやきがもれた。

（なかなか、ひとは非情にはなりきれぬ。——僕には信じられない。いったんこおったひとの心というのは所詮、もうどうしても凍りついたままになってしまうものなのか、それとも——それともこの母と子は、呪われたヤーンのたくらみによって、最初からこのようにさだめられていたのか。……僕の母はいつも優しかった——貧しく、おろかしく、何も持っていなかったけれど、母はいつも僕と姉のためにおしみなく愛情をそそぎ、自分のわずかばかりのとり分をさえ全部子供たちに与えてくれた——母とは、そういうものだとばかり思っていた。そうでない、鬼の母がいるかもしれぬことなど、可能性さえ思いつきもしなかった。……どういっていいのかわからない）

だが、そのあいだにも、ヨナの手のほうはやすみなしに動いていた。机のなかをあらため、そこにあるおびただしい数のきちんととじこまれた書類や手紙などをさっとあらためる。それから、国王あての手紙のあったところに、おのれのうちぶところから取り出したまったく同じような形式の書状をひろげ、その上にさらさらと金色の吸い取り砂をまいた。

（これでいい）

つぶやいた、ヨナの端正な痩せたおもてはしかし、なおも、まるで何かおそろしい、見てはならぬものを見てしまったもののように暗くかげり、曇っていた。

＊

夕刻がおちてきても、対峙した聖騎士団は動かなかった。ことに人数に倍する国王側の軍はまったく動く気配もみせず――ルナン軍のほうがまだ、前後のいれかえだの、あらたにいくつかの中隊が応援にかけつけたり、いくらかの入れ替わりがみられた。が、やがて空気がしだいに冷たく澄んできはじめ、ジェニュアのヤヌス大神殿の鐘が美しいよくとおる音色で日没の五点鐘をあたりのその澄んだ大気のなかにひびきわたらせ――

そして、ジェニュアの丘にゆるゆると夜がやってこようとする。このまま、また、いくさのはじまりは明日にもちこされるのか、とすでに誰もが思った。

（同胞どうしのいくさゆえか……）

誰もが、なかなかに戦いたがっていないのだということを、あらためてかれら自身が感じたに違いない。敵と味方を見分けるものは、ただおしたてた旗じるしと、そして肩につけた小さな紫の布のあるなしだけだった。わざとのように、ナリス軍は、聖騎士団とその所属歩兵団だけをおしたてきて、カレニア衛兵隊やカレニア義勇軍、またクリスタル市民軍などは一切前線に出そうとしていない。それはある意味では、当然かもしれなかった――おそらくにわかごしらえの市民軍では聖騎士団にとうてい対抗すべくはなかったし、またカレニア兵たちは非常に剽悍でもあれば、命知らずでもあったが、逆に地方の、ナリスの領土の軍勢であるということで、一切、聖騎士団のためらいや同情をひきだせる可能性はありえなかったからである。カレニア軍が出てくれれば、マルティニアス軍もベック軍もおそらくは一気に全力をもっておどりかかることになるだろう。そうすればはじまるのは地獄の総力戦であり、そうなれば人数におとるナリス軍がいずれは追い詰められてゆくことはわかっている。なればこそ、きのうまでは僚友にほかならなかったルナン軍を最前線におしたてたのだろうと、国王軍の聖騎士たちの誰もが感じた。遠目でみて見分けはつかずとも、近く寄って刀をふりかざせば、そのかぶとの中の顔は、同じ聖騎士団の友の顔なのである。

そのためらいを示すかのように、そのまま日没がゆるやかにおとずれてきた。そして巨大な日輪が、なだらかなパロス平野の、けむるような森林の影なす彼方におちてゆく、美しい光景が、なにごともなかったかのように演じられた。そして東のほうからは、ゆっくりと青白いイリスがのぼって来、そのまわりにちりばめた宝石のようにきららかな星々がまたたきはじめ——パロス平野はみるみる、平和なしずかな夕刻からものみなすべてが群青のいろあいを帯びる夜へと変貌をとげてゆこうとしている。森林やジェニュアの丘、その頂上にたつヤヌス大神殿が影絵のようなシルエットとなり、群青から濃紺、そして夜の闇へとしだいに深まってゆく夜の気配が、ひんやりとクリスタル地方をおおいつくす。

そのなかで、両軍はかがり火をたき、夜衛の兵を巡回させてこの最初の対峙の夜をきびしい警戒のままにすごす気配をみせはじめたのだが——

その、夜営の準備もまだ、ととのわぬうちであった。

「ワアアーッ！」

突然——

この、あまりにも長時間続いた緊張は、前ぶれもない絶叫と怒号に破られた！

「敵襲ーッ！　敵襲ーッ！」

「左翼に奇襲！」

突然おこった怒号——

それが示したのは、ナリス軍の一大隊による、ふいの均衡の打壊であった。

「なんだと」

たちまち、国王軍の大騎士団は生き返る。一瞬、確かにかれらは意表をつかれた。もしやして、深夜の夜襲はあるかもしれぬという心構えは当然あったにせよ、（もう今日はいくさはない、あすだろう）という油断をついて襲ってくる、いわばそれもひとつの定形の夜襲としては、まだあまりにも時間が早い。といって、この日いくさのカタをつけようと開戦の運びになるにはすでにあまりにも遅い。宵闇はすでに深くなりそめ、かがり火があちこちにともってはいるが、防衛線はしだいに暗くしずみはじめ、月あかり、星あかりでは、あたりの見通しは悪い。

「マルティニアス司令官！　反乱軍の奇襲であります！　左翼よりまわりこんだその数およ

その二個大隊の聖騎士団が！」

「わかってる！」

腹立たしげにマルティニアスは刀をひっつかんで飛出そうとしながら怒鳴りつけた。

「もう、報告はうけとるわッ！　指揮は誰だ、どこの隊だ！」

「わかりません。この闇で……二個大隊というのも推定で、よく見分けられません……なにしろ、その……敵も同じ聖騎士団のよろいを……」

「あッ」

ふいに――

マルティニアスはぎりりっと歯をくいしばって、そのへんの椅子を怒りにまかせて蹴り倒した。

「おのれ！　それがつけめだったのだな！」

さすが、悪魔のような――たとえ当人はいくさ場に出ることかなわぬからだとなったとしても、このきっかけのつかみかたはまさしく、パロ一の知将としてならしたかつてのクリスタル公アルド・ナリスのもの――

そうと、思わずマルティニアスは思い知らされて愕然としたかもしれぬ。

この暗がりでは、ただでさえ同じ服装をした聖騎士団どうしをどれが敵、どれが味方と見分けることはあまりにも難しい。しかも、指揮官はどうあれ、じっさいに戦う聖騎士たちのほうは、この内戦にからんできのうまでの僚友、盟友たちと戦わされることに、あまり気乗りではない。それがもしも味方かもしれぬとあっては、ますますふりあげた刀はふりおろしにくくなる。

深夜であればもうちょっと、かがり火をたき、夜営の態勢をととのえ、歩哨もたっている。だがこれからしだいにとっぷり暮れてこようというくらいのこの早い夜では、まだ誰もが、(これからどうなるのだろう……戦いはあしたかな) というくらいのあいまいな心構えで、だが闇のほうはすでにたがいの顔がみわけがつきにくい程度には落ちてきている。

「クリスタル大公の悪魔め、きゃつはまさしく、この瞬間を狙ったのだ！」

マルティニアスは飛上がった。

「ベック総司令官にただちに使者を出せ。いや、それよりも俺がゆく。ここは、お前が仕切れ、ダルス。まだ、それほど総力をあげて応戦はするな、まだ何かあの悪魔のことだ、さらに底深いたくらみがあるかもしれん。俺はちょっとベック公に命令をうけてくるッ」

思い切り、刀をふりおろせば、うかうかと敵の策略にかかり、味方の聖騎士を切ることにならぬとも限らぬ。

それを、どうすればよいのか、もしも味方と敵をみわける唯一の方法である、肩につけた紫の布をかれらがずる賢く隠してしまっていたらどうやって敵と味方を見分ければいいのか。

「だが、それは、きゃつらも同じだ、マルティニアス」

奇襲、戦闘開始の知らせをうけて、あわてて自分の騎士団からかけてきたタラント聖騎士伯が激しく叫んだ。

「きゃつらだって、同じくらい、敵と味方のみわけがつかぬはずだぞ。——奇襲をかけたはいいが、切込んできたら、そのあとはもう乱戦、敵と味方の見分けはきゃつらだってつかぬはずだッ」

「だから、この状態はどうしたらいいか、ベック公に決めていただくんだ」

マルティニアスはやや無責任にいった。そして、護衛の騎士たちに馬をひかせ、飛び乗るなり、ちょっとうしろの司令本部におさまっているベック公のもとへとかけだした。あわてタラントがあとに続く。今夜はなにごともないのかと思って一瞬気をぬきかけていた予定は大幅に狂った。かれらは、うろたえさせられたことに怒りながら本部へ飛込んでいった。そのうしろで、左翼をひきうけていたマルティニアス軍がすでに激しい戦闘に入っている物音が、まるでかれらを追い立てるようにひびきわたった。怒号と悲鳴、絶叫、ウマのいななき、剣戟のひびき——職業軍人である騎士たちにとってはいまさら珍しくもない、激しい戦闘の轟音である。

「マルティニアス閣下ッ！　敵はややおしぎみにいくさをすすめているもようです。だがとびこんできた尖兵どもが、まずかがり火をふみけしてしまいましたので、戦闘はほとんど暗がりのなかでおこなわれ、戦況がよくわかりません」

本部にかけこんだマルティニアスを次の報告が待っていた。

「混戦状態となりましたので、敵の人数もよくわかりません。が、とりあえず、攻撃は左翼からに限られ、中央の主力を攻撃するようすはありません。わが軍主力を投入いたしますか

?」

「ちょっと、待てッ」

マルティニアスは怒鳴った。

「うかつなことをして、かえって何かきゃつらのワナにひっかかるとまずい。それにこの暗がりでは混戦といっても、敵味方のみわけがつかないのは、きゃつらとても同じはずだッ。ちょっともう少しようすがわかるまで待て」

「マルティニアス、かがり火をつけさせよう。主力にいったん松明に火をともさせ、それを持って戦場に突入して、もうちょっと見通しをよくさせてはどうだ」

タラントが叫ぶ。だが、床几にかけて、大きな机の上にジェニュア周辺の地図をひろげていたベック公がゆっくりと立ち上がって首をふった。

「それはいけない、タラント。見通しをよくしても、かえって同じ聖騎士団のよろいかぶとだということがはっきりするだけだ。マルティニアスのいうとおりだ。もうちょっとようすを見ないと……向こうとても同じはずなのにどうして突然仕掛けてきたのか、この奇襲のわけは何なのか、さぐらないとうかつに動くのは危ない」

「といって、ベック公、このまま放置するというわけには」

タラントが不平そうな声をあげた。

「聖騎士団を投入すると敵とみわけがつかなくなるということなら、それがしが、国王騎士団を出動させて」

「国王騎士団は介入させたくない」

ベック公は眉をひそめた。

「これはパロの軍事総帥としてではなく、あくまで聖騎士団の頭領としていうが、われら聖騎士団には聖騎士団の誇りがある——聖騎士団による奇襲を、国王騎士団の援軍でたたかったといわれてはのちのちまで聖騎士団の恥だ。身内なればこそ身内でたおしたい。おそらくあちらも似たようなことを考えて、カレニア軍やランズベール軍を出さずに聖騎士団をおしたててきたのだ。受けて立ってやろうではないか。これは聖騎士団どうしのいくさだ」

「前代未聞、ですな」

にがにがしくマルティニアスが吐き捨てた。

「聖騎士団、聖騎士団と相戦うなどとは。だが、せめてそれではそれがしの軍の右翼をまわして援護させましょう。このままでは左翼をひきいる第一、第三大隊を見捨てることになる」

「マルティニアス閣下」

伝令が飛込んできた。何ヶ所か、よろいに血をしぶかせ、傷をうけている。

「ようやく多少の戦況が判明いたしました。わが軍は——第三大隊がもっとも直接に敵をうけて戦っておりますが、かなり不利です。というか……わが軍の騎士たちは確実に倒されております。どうしてかわかりませんが、あちらの騎士たちには……敵と味方の区別がつくようです。こちらからはつきません。かれらは数人で一人をとりかこみ、血も涙もなくかつての盟友をほふっています。第三大隊がかなりいたでをうけたので第一大隊が援護していますが、どうしてもこちらは敵と味方の区別がつかぬゆえ、不利であります。お指図を」

「なんだと」

マルティニアスとタラント、ベックらは思わず顔を見合せた。

「アルド・ナリスの策略か……」

ベックの口から、低いつぶやきがもれた。かれらの目によみがえってきたのは、かつて、パロ最大の武将でもあったそのひとの、妖しく冷たい微笑みであった。

4

あわただしい、開戦の知らせ、いよいよいくさの火ぶたが切っておとされた、という知らせがジェニュアにとびかった、その、夜がおちようとする刻限のことであった。

まわりを数十騎の騎士たちにかためられた、一台の四頭だての馬車が、ジェニュアの市街をぬけて、かつかつとひづめとわだちの音を石畳にひびかせながら、薄暮から夜にかわってゆこうとする街道を急いでいた。それはかなり大きな目立つ馬車で、しかも扉のところには、まざまざと聖王家の紋章が打たれていた——御用馬車である。

めったな身分のものでは使用することの許されぬ、その紋章を打った御用馬車に乗っているからには、少なくともそのなかにいるのは王族——それもかなりの位の高い王族でなくてはならぬはずだった。まわりをかためた騎士たちは、ふかぶかと面頬をおろし、あまり見たことのない紋章とふさかざりをつけていた。それはヤヌス大神殿の前をとおり、ジェニュア市街を走り抜け、ヤヌス大神殿の西、サリア神殿の裏手を通り掛かったところで、きびしい検問にひっかかった。

「何者だ。いまじぶんに、どこへゆく。馬車に乗っているのは、誰だ」

きびしく問い詰められて、それに御者は小声で答えた——馬車をとめた検問の騎士たちは、答えをきくなり驚いたように顔を見合せ、「ちょっと待っていろ」といって、あわてて走り去った——むろん、見張りは残されていたが。——ナリス軍主力はすでにジェニュア街道にむかって派遣され、あるいは西ジェニュア郊外に陣を張っているので、ここに残っているのは、あまり多くない聖騎士団の騎士たちと、そしてヤヌス大神殿がさしだした、ジェニュア騎士団のものが主である。

「貴公、いってきてくれないか」

頼まれたのはジェニュア騎士団の連中であった。べつだんことわる理由もない。かれらは気軽にかけていった。このことを報告して、命令をうけとるためだ。

そして、待つほどもなく騎士たちは戻ってきて、丁重に、通ってよろしい旨を告げた。うってかわってかれらの態度は非常に丁重になっていた。

「まことに失礼をつかまつりました」

丁寧に、騎士たちは頭をさげ、馬車を送り出した。

「道中、お気をつけておいでなさいませ」

「いったい、誰だったんだ、馬車のなかは」

ふたたび動き出した馬車を見送りながら、ひとりの騎士がたずねた。もうひとりが首をふった。

「ラーナ大公妃さまさ。クリスタルへ、この内乱の事態の収拾のために、パロ聖王家の最長老としての調整をなさりにお出かけになるそうだ」

「なんと、ナリス陛下の母君か。――格式ばったかただときいていたが、にしてはずいぶんと少ない供回りだな」

「あまりに大勢の騎士たちをひきいていたら、この状態のなかだからな。いくさにまきこまれてしまうおそれがあるから、とそうお答えだったよ。うむ、たしかに馬車のなかにおられたのは、ラーナ大公妃さまに間違いはなかった。心配するな、御無礼と思ったが俺がこの目で見届けた。年はとっておられるが、さすがわれらのアル・ジェニウスの母上、美しいおかただ。見間違いようはない」

「そうか……」

いくさはすでにジェニュアとクリスタルとのあいだではじまっている。

「本営でリギア聖騎士伯からそうおすすめするようお指図をうけたので、大公妃のお身の安全のため、すでにいくさのはじまっているジェニュア街道は避けて、西ジェニュア道からまわりこまれるよう、おすすめしておいた。そこまで、何名かで護衛せよ、とのリギア聖騎士伯からの御命令だった。ラーナ大公妃さまも、よしなにはからえ、とおおせであったよ」

「そうか」

誰か、気づいていたものはいたのだろうか。

その、サリア神殿の裏手にとまっていたあいだに、どういうわけか、馬車全体が、まったく同じ由緒ある御用馬車には違いないのだが、ほんのちょっと、ほんのちょっとだけ全体が大きく育ったように見える。

だが、それ以外ではまったく同じ四頭だての馬車なのであるし、紋章も外側の色も、つながれた馬の色さえも同じであったから、誰も、べつだんそんなささいなことを気にとめるものもない。サリア神殿の周囲をかためているナリス軍の騎士団と、それにまじっているヤヌス大神殿護衛のジェニュア騎士団の騎士たちは、べつだん何のふしぎの念もいだかなかった。

四人の聖騎士が、騎乗してあらわれた。

「御命令をうけ、それがしらが、とりあえず、ラーナ大公妃の護衛をかねて、お馬車が西ジェニュア道をとるあたりまでお送りしてくる。――聖騎士団、同行せよ」

「おお、頼むぞ」

ジェニュア騎士団の小隊長は何も疑わずに声をかけた。聖騎士たちはそのままさっとムチをふって馬首を西にむけた。ただちに、そこをかためていた聖騎士たちの小隊もそのあとにしたがう。

なんということはないひと幕であった。それよりも騎士たちの心は、すでにジェニュアの南でひらかれているたたかいの行方にとんでいる。情勢がわるければ、かれらもただちにかりだされていよいよ前線に出ることとなる。

「交替を」

一団の聖騎士団の小隊があらわれた。ジェニュア騎士団の小隊長はおどろいた。

「ずいぶん、早い交替では？」

「いま少し裏手の街道への出入口の見張りを強化せよとの、ナリス陛下からの御命令なので。とのことでした」

——小隊長どのは、隊員をひきいて、サリア神殿のおもて側の張り番に合流されよ、とのことでした」

命令書にも不備はない。何も疑いももたず、ジェニュア騎士団の小隊長はそのまま兵士たちをひきいておもて側へまわっていった。

あたりは、聖騎士団だけになった。——隊長が、面頰をあげて、低く命じた。

「よし。いまのうちに、馬車を始末しろ」

命令は短かった。数人の聖騎士がさっと神殿のうしろの倉庫の、そのまた裏側へとかけこんでいった。何かをうちこわすような音がひびいたが、遠くからはいくさのひびきのきこえてこようといういま、それを気にとめるものは誰もいなかっただろう。

ややあって、サリア神殿の奥殿の裏門がしずかにあいた。あらわれてきたのは、ふかぶかと魔道師のマントをかぶり、フードをおろした数人のえたいの知れぬ人影だった。かれらは、フードのかげから、そこを守っている隊長にちらりと目くばせした。隊長がかすかにうなずいた。すると、かれらは、隊長がさしだした馬に騎乗し、魔道師とも思えぬきたえられた身のこなしで走り去った——ちらりと、先頭にたつもののフードのかげから、きららかな髪がこぼれた。

「御命令が」

伝令がそこの小隊のところへまわってきたのは、その数十タルザンあとであった。

「移動です。——サリア神殿前とヤヌス大神殿前に集結して下さい。全聖騎士団を戦場に投入します。移動。移動」

「了解」

隊長はうなづいた。そして、面頬をふかぶかとおろすと、部下たちを連れてその場を見捨てて馬をかりたてた。もともとあまり本来なら人通りもないサリア神殿の裏手はひっそりとした。

そのあとはもう、そこでは何ごともおきなかった。


御用馬車のほうは、西側からジェニュアの丘をおりる坂道をしずしずとおりてゆき、西ジェニュア街道に入った。うしろから追いかけてきた聖騎士の小隊がおいつき、かれらに合流した。ほどなく、魔道師のような格好をした数人の騎馬がおいつき、これまたこのあやしい一団に合流した。そして、そのままかなり人数のふくらんだその一隊は、ひたひたと西ジェニュア道をルーナの森の方向へと進んでいった。そのさきには、クリスタル市民軍とカレニア義勇軍が駐屯しているはずである。——西ジェニュア道からクリスタルへの遠回りな道をとるなら、ルーナの森の手前で左におれ、間道をぬけてジェニュア街道へ、北クリスタル郊外で合流することとなる。

すでに日はとっぷりと暮れていた。しきりと伝令の早馬がかけめぐり、いったりきたりしている以外、まったく旅人や道ゆくもののすがたは見えない。伝令のかかげているランプのあかりだけがちらちらと街道を動いてゆく。ここまでくると、こんな暗い夜のなかで、本当にいくさがおこなわれているのかと、信じられぬようなしずけさである。

だが、いくさはまさにおこなわれていた。

「報告！——敵はいったん兵をまとめ、ひきあげにかかった模様です！」

ベック公とマルティニアス、タラントらが鳩首会議している司令本部へ、報告がきた。

「くそ、適当に被害をあたえておいて、さっとひきあげようというのか。——叩いて、さっと引っ込むという腹か」

「しかし追撃はならんでしょう。この夜闇のなかでは、かがりをたいても逆効果だし」

「どうもくやしいな。いったい、何のためにちょこちょことこう叩いてさっと逃げ出しおるのだ。まるで、われわれを苛々させて挑発するためだけのようじゃないか」

「まさしく、そうかもしれないぞ、タラント。油断をするな」

「公」

思わず、タラントはしばらくクリスタルを不在にしていたこのパロの武官の総元締を見つめた。

「なんだか、雰囲気が変わられましたな」

「そうかな？　私には、気がつかないが」

「なんだか……なんというか……」

タラントも比較的単純な武官である。うまい文学的な表現など知らぬ。ことばをさがしあぐねて口ごもった。

「以前はその――もっとおおどかなと申しますか……武官でありながら、いかにもおっとりとしたお人柄に……いや、もちろん、悪い意味ではなく、よい意味で申上げておるのですが……たいへん、お人柄なかただと思っておりましたが……」

「いまは、人相が悪いと？」

ベックがうすく笑って、タラントを見た。タラントはふいにちょっと首をすくめた。ベック公の目が奇妙な青白いぞっとするような、あえていうなら非人間的とさえいいたいような光をおびて、彼を見つめた――という、そんな気がしたのだ。おそれを知らぬ聖騎士の頭領たちである。なみたいていのすごみだの、殺気だのに怯えることは知らない武人たちなのだが、タラントのわきにいた、タラントの副官のゾーデスもちょっと驚いたようにタラントとベックを見比べた。

「い、いや……そういうわけではありませんが……」

「このような国難の大事にあたって、あまり、あたりさわりよくもしておられぬかと」

ベックがうすく笑った。その唇の両端がつりあがって、奇妙なことに彼は妙に、あの痩せて青白い国王――レムス一世に似てみえた。もっとも、彼は国王ともいとこどうしだったのだから、似ていたところでべつだん何の不思議もなかったのだが。

「さようでございますな……」

いくぶんひるんだようにタラントは云った。そして助け舟を求めるように僚友のマルティニアスを見た。が、タラントは、そこでもいくぶんひるんで目をそらした。マルティニアスの目も、なぜだか、いつになく奇妙な蒼ざめた光を浮かべて笑みを隠しているような、そんな錯覚がタラントをとらえたのである。

「いずれにせよこの状態では追撃はできません。――朝になるまでは、再度の奇襲をうけることのないよう、十二分に注意しながら、このままの状態でいるほかはないかと存じますが……」

タラントはおのれの感じた奇妙な胸のざわめきを無理やり押し殺すように云った。味方のなかにいながら、まるで、敵のまっただなかに一人ででもいるかのような、あやしいおののきにとらわれたことを決して悟られたくなかったのだ。

「おいっ！　あれを見ろ！」

一方その――

戦場から、さっとひきあげてゆく、ルナン騎士団の一隊を見送ったせつなに、味方の死傷者を収容しながら、いったん兵をまとめようとしていた国王がたの聖騎士団の兵士たちの口から、驚愕の声がもれた。

「ああっ――あれは……なんだ」

「見ろ。きゃつらの背中が、白く光っている！」

「まるで、幽霊の軍隊みたいだ……」

ふいをつかれた上に敵味方入り乱れた、地獄の混戦状態のなかでは、気づくすべもなかった。また、一人一人のときにはそうは目立たなかったのだが——

そうやって隊列をそろえてさっと引き上げてゆこうとしている、ルナン騎士団のうしろすがたをみたとき、はじめて、国王軍の兵士たちは、かれらだけが味方を見分けられたおそるべきからくりに気づかされたのだった。

「夜光塗料だ」

隊長の一人が怒りに歯がみしながらうなった。

「あの悪魔どもめ。かぶとのふさかざりと、それにマントの肩かざりに夜光塗料を塗って、それで敵と味方を見分けていたんだ」

「おのれ、小癪な……」

それで、わざわざ顔の見分けがつきにくい暗闇になってから、かれらはいくさをしかけてきたのだ。かれらのほうは、知っていたから、かすかに光っているかぶとやマントをみればそれが味方だとちゃんと見分けられ、国王軍の聖騎士だけを選んでおそいかかってくることができたのである。そうと知るよしもない国王軍のほうは、自分の剣がふりおろされるのが味方の聖騎士の上か、敵なのかわからず、攻撃することにもためらって剣先をにぶらせていたばかりであった。ほとんど受け太刀の戦いであったから、同じ聖騎士どうしの戦いとはいえ、こちらにはかなりの被害が出ている。

「おのれ、アルド・ナリス——ちゃらちゃらと小知恵をめぐらし、小癪な戦法をつかいおって……」隊長は歯がみして怒った。

「このことを、マルティニアス閣下に申上げてこいッ。おのれ、このまま追いかけて一矢むくいてくれようか。でなければ、腹の虫が癒えん」

「しかしすでに、今夜は危険ゆえ、追撃はひかえよとの御命令が出ております」

「くそ……」

あちこちで、ルナン軍のうしろすがたを見送って、その同じからくりに気づいた国王軍の騎士たちが、怒りの声をあげていた。だがもはや、喧嘩すぎての棒ちぎれというものであった。

もはや敵軍が今夜襲ってくる見通しは、このからくりが見破られた以上それほど強くはあるまいとみて、あちこちで、かがり火をたき、松明をともして、被害の調査がはじまっている。思った以上に、国王軍には被害が出ていた――が、もともとが、精鋭十万を呼号する聖騎士団で、ナリスがたについたのはわずか五、六人の聖騎士侯と聖騎士伯、したがってその兵力の差は聖騎士団だけでも、ナリスがたが四、五千とすれば国王軍に所属している聖騎士はその十倍以上にはのぼるだろう。一回の小いくさで受けたいたでくらいは、ただちに補充できる。

が、人々を苛立たせたのは、その被害の実態そのものよりも、たくみにこちらのすきをついたその戦いかたと、すばやいひきあげかたであった。それが、（知将アルド・ナリス健在

――）のつよい印象をどこの騎士団にも与えていた。それが、大きい。もともと、ベック公は武官としては温厚でおとなしい人柄、といわれつづけ、また黒竜戦役のクリスタル攻防戦のおりにはおりあしくアルゴスへ下っており、じっさいの戦いにさいしてどれほど強力な指揮官ぶりを発揮するかはまだ、あまりパロの武人たちには知られていない。アルド・ナリスが隻足となり、直接陣頭指揮にはたてなくなったといっても、その采配がゆきとどいていれば、やはりそれはあまり油断してはならぬ強敵となるだろう、ということをあらためて、かれらは思い知らされた感があった。あるいは、それこそがまさにアルド・ナリスの狙いであろう、とかんぐるものもむろんないではなかったが――

　だが、とりあえず、ルナン軍はさっと防衛線のうしろにひきあげ、そして国王軍の司令本部からは「追撃禁止」の命令が出た以上、それ以上のたたかいは今夜はなかろうと思われた。人数におとるナリス軍が、さらにこの上の奇襲をかけてくる可能性もないではない。だが、それよりも、ひとたび奇襲の手をうった以上、次にまた同じ手はうたぬだろう可能性のほうが高い。

　ジェニュア街道かいわいには、防衛線を中心として両側に、はなやかに見えるほどたくさんの夜営の松明やかがり火がともりはじめた。それはいかにも、（明日のいくさにそなえて――）という、ひそやかな動きを思わせた。軍の後詰に収容され、応急手当をうける負傷者のうめき声、死者をいたむ戦友のとむらいの声が、闇のなかにひっそりと、いくさの名残を告げている。月は、空にさえざえと白い。

そのころ——

西ジェニュア道を下っていった謎の一隊——ラーナ大公妃の御用馬車をとりかこむ一隊のまわりに、ひたひた——ひたひた、といつのまにか、奇妙な軍隊が出現していた。それは、服装も武器もまちまちなあまり多くない騎兵とかなりたくさんの歩兵の群で、それらはみな肩に紫の布をしばり、そして誇りに目を輝かせていた。その数およそ一千近くもいただろうか。それが御用馬車とその護衛の一隊をとりかこんだので、たちまちその周辺は大人数にふくれあがった。さらに、ルーナの森周辺からは、これまたひたひたと、こちらはいかにも小柄だが剽悍なカレニア衛兵隊が、西ジェニュア道をジェニュアの方向にむかって迎えに出ていた。

やがて、ルーナの森に入ろうとするあたりで、誰かから命令が発せられたらしく、ぴたりとその一団は停止した。

「もう、よかろう」

馬車の窓をあけて、低く声をかけたのは、ヴァラキアのヨナであった。

「この上この態勢で道中すると、陛下のおからだが心配だ。もう、クリスタル義勇軍と合流した以上いったんちょっとだけ安心だ。お馬車をかえよう」

「まだ安心は早いかもしれません」

魔道師のフードをはねのけて、馬車に寄っていったひとりの騎士がするどく云った。月あかりに照し出された顔はリギアであった。

「まだ、カレニア軍と合流する前は。でも、とりあえずナリスさまにかくれ場所から出ていただかなくてはならないのはそのとおりだわ。それから、クリスタル義勇軍に、陛下がお出ましになっても歓呼の声をあげてお迎えしたりしないようにと命令しなくては」

「ラン」

ヨナは窓から声をはげまして呼んだ。ただちにかけよってきた一騎は、カラヴィアのランであった。精悍な顔はかなり痩せて一段と指導者のすごみを増したように思われる。

「義勇軍に、まだ敵に気づかれる可能性のある場所だが、陛下を馬車のかくれ場所からお出しする。おすがたをみても決して歓呼の声をあげたりするなといっておいてくれないか」

「わかった」

ランは何も無駄なことをいわなかった。ただちに伝令を走らせる。ヨナは馬車の戸をあけ、身軽に飛び降りた。そして大きく戸をおしひらいた。

「大公妃殿下、馬車をいったんお下り下さい。——おいやとあらば、騎士どもに抱きおろさせますが」

「下郎」

馬車のうちから、怒りをたぎらせるような返答があった。そして、下司の手にふれさせまいとするかのように、頭をつんとそらせた老女が馬車からおりた。

ヨナはそれを見届けようともせずに、いそいで馬車の後部座席の、たったいままで自分と老大公妃がすわっていた椅子の板をあげた。

「ナリスさま。お苦しかったでございましょう。……さあ、カイ、お手伝いして」

「大丈夫」

かすかないらえをききとるまで、ヨナは気が気でないようすであった。何人かが手をかけて、座席の下にしつらえられていた隠された物入れから、毛布にくるまれた人間をかかえあげた。そして座席を直すと、そこにさらに、荷物入れにつんであった布団をつみかさねてやわらかくし、そこにナリスを横たわらせた。

「おからだのお加減は？　御無理をおさせしましたが、無事にジェニュアは抜けました。——まもなくローリウス軍と合流できましょう。お苦しゅうございませんか？」

「大丈夫。それに、横になっているとからだが痛い。もう大丈夫だ、すわらせてくれ。それにカラム水をくれないか」

「はい、ここに」

ふたこととはいわせずにカイが小さな水筒をさしだした。ナリスはそれを吸って、かすかに息をついた。ヨナとカイは世にも心配そうにそのようすを眺め、それから、座席の両側に、侍医のモース博士とカイがすわって両方からナリスをささえるようにすわりなおした。

馬車からおろされた大公妃はそのようすを、黙って煮えたぎるような憎悪の目で見つめていた。それへ、ヨナはばかていねいな礼をした。

「御母堂殿下には、このにち、いかがなされましょうや」

ヨナは含むところのある声でいった。

「われらと御同行願うにしても、こののちには、御座馬車はごらんのとおりアル・ジェニウスがお使いになります。同じお馬車におのりいただくのもはばかりありとおおせであれば、馬におのりいただくことになりますが。——それとも、アル・ジェニウスに刺激なさるようなことをおおせにならないとお約束下されば、前の座席に私ともどもお乗り頂くことになりますが」

「馬車を」

ラーナ大公妃は怒りに唇をふるわせながらいった。ヨナはまた、ばかていねいにお辞儀をした。

「御意のままに。大公妃殿下」

彼は云った。

「では、進軍再開。——ルーナの森へ！」

月だけが、青白くすべてを見下ろしている。

あとがき

お待たせいたしました。「グイン・サーガ」第七五巻！　『大導師アグリッパ』をお届けいたします！

と、のっけから「！」が二つもついてしまいまして、またどこかの会議室で「あとがきで作者がはしゃいでいて見苦しい」といわれてしまいそうですが（笑）（いや、あるところにそういうかたたちがおられるんですよ。私の悪口をいうのがとてもお好きなかたたちといいますか……あとがきくらい好きにさせてもらいたいもんですねえ（爆）……いや、これは大半の読者の皆さんには関係ないお話をこれまたのっけからどうも失礼いたしました）しかし、なんたって七五巻！　です。まあ、このところ五〇巻といっては騒ぎ、六〇巻といっては騒ぎ、七〇巻といっては騒いできたんで、もう多少、さすがの私もいまさら、という気持にもなっては参りましたが、しかし「七五巻」といえば、やはりひとつのメルクマール、ことに最近になってこそ「全二百巻か？」という話も出てきましたが、最初の「全百巻」で考えれば、七五巻というのは「四分の三」です。

私もこれまでずいぶんと、けっこう遠い国へ旅行したり、そうすると当然かなり長いあいだ飛行機に乗ったりします。これまでで一番長かったのは、エジプトへいったときの飛行機の二十六時間と、それから十数年前、蘭新鉄道という単線の鉄道で中国の蘭州から北京へいったときのやはり二十六時間という汽車の旅ですが、あと昔はロサンゼルスもけっこう時間がかかったりして……まあ、国内なら大体どこへゆくのも一、二時間ですが、こういう長い長いあいだ乗物に乗っていることが何回かあると、だんだん自分でわかってきたのは、「最初の半分」が一番辛い、ということです。

とりあえず二十六時間乗り続けなら十三時間。蘭新鉄道は、これはもうそのあいだに車中泊のある旅だったし、食堂車もあるので、飛行機の二十六時間よりはけっこう楽だった気もしますが、これは終点のウルムチからだと五十六時間だそうで、想像を絶するものがありますね。でもむろんオリエント急行だの、昔の船旅なんかはもっとかかったわけで――って、話がそれないうちにもとに戻しますが、とにかくこの「最初の半分」が辛いのは、べつだん二十六時間かからずとも、たとえば大学の講義の九十分とかでも同じ。

これはまあ、怠け者の私だけの事情かもしれませんが、とにかく前半というのは、私にとってはもう、すごくしんどいんですね。こつこつと山のぼりをしてゆく、その「のぼり」の時間といいますか……それが、これで前半をすぎた、と思うと、突然楽になるというか――飛行機でも、このあと十三時間ってずいぶんあると思うんですが、でも「あと二十時間、あと十八時間」と同じように減って行くのを待っている時間でも、それが「半分をすぎた」とたんに「あ、ヤマをこえた」と言う感じがする。それが私の場合もしかして、ひとよりも強いのかもしれません。

しかしこの「グイン・サーガ」の場合、まあ、ミュージカル作ったりしたこともあったので、「五〇巻」という節目は、これはかなりかるくというか、「ううむ、やっと半分」という感じで——いや、もちろん騒ぎましたが、でもこれはまだ達成感というよりも「さあこれからだ感」のほうが強かった気がします。しかし、七〇巻すぎたあたりから、「わあっもうじき終わりではないか」という感のほうがはるかに強烈になり、かえってだから「ヤマをこえた」感覚は「グイン・サーガ」の場合にかぎっては、私には七五巻のほうが大きいですね。それもなんというか、もうこのあとは一瀉千里、山の急坂をころがりおちるように終わりにむかって突進してしまいそうだ、という——

まあ、それで二百巻だなんだとブチあげたわけですが、これがおかしなもので、もし全二百巻なんだったら全百巻になったってまだ前半にやっとたどりついた状態なわけで、これはもう他の人だったらすごい絶望的な状態、やっと山を制覇したと思ったらもう目の前に次の絶壁が、みたいな状態だと思うんですが、それを「たいへんだ、終わってしまう、もっと続けたい」と思うやつというのも思うやつだし、それをお読みになりたい、千巻でもかまわない、といって下さる皆様も皆様だと（笑）（笑）思うわけでして（笑）でも、とにかく、「あと二十五巻」というと、なんだか屁みたいな感じがしますね、いやこれは形容がなにだな（笑）なんというか、二十年かけて七十五巻書いてきたと思うと、「げー、あとたったの二十五冊？　ばかみたいじゃーん」という気がしてしまうのはしょうがないですね。まあ、一昨年だかに三十二冊書いた私であってみれば、その気になれば二十五冊ってのは一年で書きあげてしまう分量なわけですから……って、ますます最近人間離れしてきたな（爆）でも、せっかく話が佳境に入ってきた残り二十五巻、あと一年でどっと書いちゃってあとの余生にすることがない、なんていう馬鹿なことはしたくないんで、まあこれまでどおりつらつらと、時にペースをあげ、時にはのんびりと道草くいつつ書いてゆこうと思います。でもどう考えてもあと二五巻で「豹頭王の花嫁」になるのは無理ってもんですね。それじゃ、七二巻でやっと新婚さんになったシルヴィアがあまりにも……ですもんね。いったいいまのアツアツからどうやって「七人の魔道師」になるのかだって、皆さん、「？」だろうと思いますし。話もいろいろと思わぬ方向へそれてますが、まあ、二百巻になっても、百五十巻になっても、おつきあい下さるかたは、おいでになるだろうと楽観しております。

で、そのついでにちょっと、冒頭で書いたことなんですけど……まあ、ニフティの某会議室とかですね、また御注進下さるかたもありまして「インターネットの某HPは見ないように、きっとすごく不愉快になるから」などと教えて下さるかたもいらしたりする。まあ、こういうふうになんというかおおやけの存在としてものを書いていますから、それについて何といわれるのも、書いたものがおすきでないかたがいるのも面白くないとか、ここがおかしいとか、いろいろいわれるのもそれはもう仕方ないというか、当然のことだと思っています。しかし、ちょっと問題なんじゃないかと思うのは、そういうところで「中島の人間性」についておっしゃるかたとかがいらっしゃるという。これはおかしいと思うんですね。だって、そのかたが私の人間性について何をご存じだというんですか？　第一、書いたものを公表してるというだけで、「そいつにはどんなバリザンボウをあびせてもいいんだ」と思ってるとしたら、それはあまりにも一方的なんじゃありませんか。「グインの作品は好きだけど作者は嫌い」というのは御自由だと思うんですが、それを敷衍して「だからどんな酷いことをいってもかまわない」と思うのはおかしいんじゃないか、栗本薫だって私生活においては一人の生身の人間なんであり、感情もあれば自分の生活もあるんだということ、そしてパソコン通信とかインターネットというのは、まだあまりにもそういうプライヴァシーや著作権やもろもろの人権について整備されてない部分が多すぎますが、だからといって、それは「生身の作者自身が見る」場所でもあるんだということも、考えた上で、私が「発表したものについては何をいわれても仕方ないし、誤解だと思えば論戦をしてでも主張する」のと同等の「公表した文章に対する責任」をきちんととっていただきたいと思います。大半の読者のかたには関係ない不愉快な話題で申し訳ありませんが、ある一部の会議室での私への誹謗中傷がいささか度が過ぎている、と私自身がその会議室を拝見していて考えましたので、ここで私の考えを開陳させていただきます。そこで私を攻撃なさっている数人のかたには、「栗本薫がオフでその人の真正面に座っている状態で同じ悪口雑言をいえるかどうか」という基準でもういっぺん御自分の発言を見直していただきたいと思います。こうした巨大な著作物を書いているといったところで、生身の私は一人の感情を持った人間であり、「何をいわれても、どうあつかわれてもかまわない石像」なわけではありませんから。——いつもあついご支援や分にすぎた御厚情をよせて下さる大半の読者の皆さんには、一部の「インタラクティヴ」ということを誤解なさっているかたへの私の感情でご不快な話をきかせてしまって、どうも失礼いたしました。しかし「ヤオイ、ヤオイとはしゃいでいる」などという発言は、完全に私の七三巻あとがきでの「この本（「凶星」）はヤオイであるから、興味のないかたは読まないで下さい」という発言のミスリーディング、それも故意のミスリーディングであると思います。そうしたものに対しては、私は公然といつなりと反論しますので、そのおつもりで。匿名のパソコン通信上なら「何をいっても云い逃げ」だというような風潮は私は許すつもりはありません。

もっと楽しい話をして終わりたいところですが、紙数がちょっとつきてきてしまいましたね。せめてものおわびに、栗本がいまやジタバタと「自分のHP作り」についにとっくんでいる、というお話でも。実はようやくホームページビルダーをインストールできまして、九月からジタバタあがきつつせっせとHPを作っています。栗本というかこれは中島梓のページですが。でも、いずれはそこで連載エッセイだの、できることならオンデマンドの小説にまで発展できたらと思って夢はいろいろふくらんでいます。なんとか年内には立ち上げたい（笑）と思っていますので、七六巻のあとがきでもしＵＲＬを公開できたらおなぐさみ（笑）ぜひそのときにはお遊びにいらして下さいね。

ということで、恒例読者プレゼントは、根津陽子様、三摩愛子様、小野谷浩男様の三名様とさせていただきます。

では、いよいよ四分の一を残すのみとなりました？「グイン・サーガ」次巻をどうぞお楽しみに！

二〇〇〇年九月七日

栗本薫の作品

心《しん》中《じゅう》天《てんの》浦《うら》島《しま》

テオは17歳、アリスは5歳。異様な状況がもたらす悲恋の物語を描いた表題作他六篇収録

セイレーン

歌と美貌で人々を狂気に駆りたてる歌手。未来へと続く魔女伝説を描く表題作他一篇収録

滅びの風

平和で幸福な生活。そこにいつのまにか忍びよる「静かな滅び」を描く表題作他四篇収録

さらしなにっき

他愛ない想い出話だったはずが……少年時代の記憶に潜む恐怖を描いた表題作他七篇収録

栗本薫の作品

ゲルニカ1984年
「戦争はもうはじまっている！」おそるべき感性で、隠された恐怖を描き出した問題長篇

レダ〔I〕
ファー・イースト30。すべての人間が尊重される理想社会で、少年イヴはレダに出会った

レダ〔II〕
完全であるはずの理想社会のシティ・システムだが、少しずつその矛盾を露呈しはじめる

レダ〔III〕
イヴは自己に目覚め、歩きはじめる。少年の成長と人類のあり方を描いた未来ＳＦ問題作

谷　甲州／航空宇宙軍史

惑星ＣＢ-８越冬隊

惑星ＣＢ－８を救うべく、越冬隊は厳寒の大氷原を行く困難な旅に出る——本格冒険ＳＦ

仮装巡洋艦バシリスク

強大な戦力を誇る航空宇宙軍と外惑星反乱軍との熾烈な戦いを描く、人類の壮大な宇宙史

星の墓標

戦闘艦の制御装置に使われた人間やシャチの脳。彼らの怒りは、戦後四十年の今も……。

カリスト—開戦前夜—

二一世紀末、外惑星諸国は軍事同盟を締結した。今こそ独立を賭して地球と戦うべきか？

火星鉄道一九

マーシャン・レイルロード

二一世紀末、外惑星連合はついに地球に宣戦布告した。星雲賞受賞の表題作他全七篇収録

谷　甲州／航空宇宙軍史

エリヌス ―戒厳令―
外惑星連合軍SPAは、天王星系エリヌスでクーデターを企てる。辺境攻防戦の行方は？

タナトス戦闘団
外惑星連合と地球の緊張高まるなか、連合軍は奇襲作戦のためスパイを月に送りこんだ。

巡洋艦《クルーザー》サラマンダー
外惑星連合が誇る唯一の正規巡洋艦サラマンダーと航空宇宙軍の熾烈な戦い。四篇収録。

最後の戦闘航海
外惑星連合と航空宇宙軍の闘いがついに終結。掃海艇に宇宙機雷処分の命が下されるが……。

終わりなき索敵 上下
第一次外惑星動乱終結から十一年後の異変を描く、航空宇宙軍史を集大成する一大巨篇！

神林長平作品

戦闘妖精・雪風

未知の異星体に対峙する電子偵察機〈雪風〉と深井零中尉の孤独な戦い――星雲賞受賞作

あなたの魂に安らぎあれ

火星を支配するアンドロイド社会で囁かれる終末予言とは⁉ 記念すべきデビュー長篇。

狐と踊れ

未来社会の奇妙な人間模様を描いたＳＦコンテスト入選作ほか六篇を収録する第一作品集

言葉使い師

言語活動が禁止された無言世界を描く表題作ほか、神林ＳＦの原点ともいえる六篇を収録

七胴落とし

大人になることはテレパシーの喪失を意味した――子供たちの焦燥と不安を描く青春ＳＦ

神林長平作品

完璧な涙

感情のない少年と非情なる殺戮機械との時空を超えた戦い。その果てに待ち受けるのは？

今宵、銀河を杯にして

飲み助コンビが展開する抱腹絶倒の戦闘回避作戦を描く、ユニークきわまりない戦争ＳＦ

猶予の月　上下

時間のない世界を舞台に言葉・機械・人間を極限まで追究した、神林ＳＦの集大成的巨篇

Ｕの世界

夢から覚めてもまた夢、現実はどこにある？果てしない悪夢の迷宮をたどる連作短篇集。

死して咲く花、実のある夢

人類存亡の鍵を握る猫を追って兵士たちは死後の世界へ。高度な死生観を展開する意欲作

神林長平作品

敵は海賊・海賊版

海賊課刑事ラテルとアプロが伝説の宇宙海賊匂冥に挑む！　傑作スペースオペラ第一作。

敵は海賊・猫たちの饗宴

海賊課をクビになったラテルらは、再就職先で仮想現実を現実化する装置に巻き込まれる

敵は海賊・海賊たちの憂鬱

ある政治家の護衛を担当したラテルらであったが、その背後には人知を超えた存在が……

敵は海賊・不敵な休暇

チーフ代理にされたラテルらをしりめに、人間の意識をあやつる特殊捜査官が匂冥に迫る

敵は海賊・海賊課の一日

アプロの六六六回目の誕生日に、不可思議な出来事が次々と……彼は時間を操作できる!?

星雲賞受賞作

ダーティペアの大冒険
高千穂　遙

銀河系最強の美少女二人が巻き起こす大活躍
大騒動を描いたビジュアル系スペースオペラ

ダーティペアの大逆転
高千穂　遙

鉱業惑星での事件調査のために派遣されたダ
ーティペアがたどりついた意外な真相とは？

上弦の月を喰べる獅子 上下
夢枕　獏

仏教の宇宙観をもとに進化と宇宙の謎を解き
明かした空前絶後の物語。日本ＳＦ大賞受賞

プリズム
神林　長平

社会のすべてを管理する浮遊都市制御体に認
識されない少年が一人だけいた。連作短篇集

敵は海賊・Ａ級の敵
神林　長平

宇宙キャラバン消滅事件を追うラテルチーム
の前に、野生化したコンピュータが現われる

日本ＳＦの話題作

ＯＫＡＧＥ
梶尾真治
ある日突然、子供たちが家族の前から姿を消しはじめた……。梶尾真治入魂の傑作ホラー

東京開化えれきのからくり
草上　仁
時は架空の明治維新。文明開化にゆれる東京を舞台に、軽快な語り口がさえる奇想活劇！

雨の檻
菅　浩江
雨の風景しか映し出さない宇宙船の部屋に閉じこめられた少女の運命は——全七篇収録。

邪神帝国
朝松　健
ナチスドイツの勢力拡大の蔭に潜む大いなる闇の力とは!?　恐怖の魔術的連作七篇を収録

王の眠る丘
牧野　修
村を滅ぼした神皇を倒せ！　少年の成長と戦いを、瑞々しい筆致で描く異世界ロマネスク

梶尾真治傑作短篇集

地球はプレイン・ヨーグルト

味覚を通して話し合う異星人とのコンタクトは？——短篇の名手カジシンの第一作品集。

チョコレート・パフェ浄土

うまい！　チョコパフェの味にとりつかれた男の悲喜劇を描いた表題作他全十篇を収録。

恐竜ラウレンティスの幻視

一億二千万年前、知性珠によって自分たちの種族の未来を見た恐竜は？——全八篇収録。

泣き婆《ばば》伝説

選挙戦中に泣き婆に出会った候補者は、どんなに有力でも落選するという——全八篇収録

ちほう・の・じだい

なにが起こっているのか？　人々がどんどんと正気を失いつつある——全十一篇を収録。

ハヤカワ文庫